雪球之舞

领 舞 之 魂 系 列 02

祝迟屿 / 著

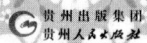
贵州人民出版社

作者介绍

- 祝迟屿 -
ZHUCHIYU

小花阅读签约作者

射手座，已经过气的 90 后
话痨，一个不瘦的"女汉纸"
所以最近，沉迷健身，无法自拔

作者前言
ZUOZHEQIANYAN

就算世上无童话，只要地球还有花

　　我知道小花朵们都是火眼金睛的，一看到这个题材，你们就会知道我为什么会写这个故事。

　　是的，就是因为去年奥运会期间，我和朋友在电脑前，完整地看完了乒乓球比赛。

　　然后，我想写一群可爱的人，想写一段简单的爱情，想写一个我喜欢的男主。

　　还有，东隅和桑榆已经开始写她们想写的故事了。

　　所以，我就动笔了。

　　你看，会码字，就是这么任性。

　　只是这个故事才刚起了个头，我就开始诚惶诚恐。

　　怕我笔下的男主，不讨我喜欢。

　　你们知道那种很喜欢一个人的喜欢吗？

像电视剧里"拱手河山讨你欢"的昏君一样，觉得世间只有最好的才能配得上他。

差一点点的，那都是玷污。

所以我写着写着就会推翻重写，希望能用最好的状态去诠释我心中的故事原本的模样。

不管你觉得好与不好，我做了自己现在可以做到的。

码字期间，我这个除了初恋再也没有其他恋爱经验的单身狗，每晚都充当朋友的爱情导师。

也并没有用自己纸上谈兵的爱情理论去为她解决烦恼，只是每次通话都提醒她，她在这段感情里受到的伤害。

我身边像她那样子爱得轰轰烈烈，不撞南墙不回头的人不多。

可惜，她遇上的是个她爱他可他不爱她的人。

她曾经斩钉截铁地说自己这辈子只爱他。

后来再浓烈的爱，还是会被一次次的心灰意冷给磨平。

如果现实世界里不能成就一个童话，起码在小说里，还能随自己心意去栽种一朵小花，去相信冰消雪融，春意浓浓，涓涓细水向东流。

最后，在这个柔软的夜晚里，愿你们此后一路坦途，偶尔抬头，能遇见温暖月光。

祝迟屿

小花阅读

领舞之魂系列

但听花闻

祝桑榆 著

标签： 交响乐指挥家｜绝对音感小提琴少女｜天才与笨鸟的逢魔时刻

内容介绍：

　　因为一场意大利音乐盛宴，池遇喜欢上了年轻有为的交响乐指挥家——陆择深。

　　为了有朝一日能和他同台演奏，她不仅努力学习小提琴，还特意选修了陌生的意大利语，美其名曰："全世界那么多种语言，就想听懂他说话。"

　　只可惜智商不够，成绩难凑，她最终成了毕业困难户。这时，在她的影帝哥哥的助攻下，遥不可及的陆择深居然来到她身边，亲自指导她！？

　　她不可抑制地动了心，却苦于自己还不够优秀，不敢站在他身边。

◆

深春犹在

祝东隅 著

标签： 小八岁的未婚妻｜昔日网球男神｜我可能是在带孩子

内容介绍：

　　她没有正儿八经喜欢过别人，小时候暗恋多半也是无疾而终。她遇到的这些人里，傅衿息是最优秀的那个，他比她大八岁，误会她之后会认真道歉，见她受欺负会替她出头，愿意到学校等她下课接她一起回家……有他在的每一天，都很绚烂，这是她的青春，最好的青春。

小花阅读

领舞之魂系列

▼

雪球之舞

祝迟屿 著

标签： 和粉丝谈恋爱 | 乒乓队小霸王 | 我有一群八卦队友

内容介绍：

　　一场机场告白的乌龙，她稀里糊涂地进入了他的人生，看着他训练，陪着他经历禁赛风波，被误会被辱骂。他在队里是桀骜不驯的"头狼"，在她面前却会变成撒娇卖萌的"哈士奇"，赢得比赛，会第一时间跑向她拥抱她。

　　我们能相爱，这是上天给我的最好的安排。

◆

花道之光

野桐 著

标签： "冰刀传奇"转职当影星 | 冰上复仇之战 | 坠入深海的秘密

内容介绍：

　　五年前，他是全国的"冰刀"传奇，可一起沉船事故，不仅葬送了他的冰刀生涯，也让他失去了恩师——珊妮吴。

　　五年后，他是当红电影小生，各大经纪公司争夺的宠儿，却被迫卷入一场冰刀"复仇"之战，点燃战火的正是恩师的女儿席琰。

　　她说："简言之，你夺走了我的母亲，抛弃了她挚爱的冰刀，我誓要让你失去一切！"

　　他从未想过她会这么恨他，更没想到他们的命运从此紧紧地连在一起……

目 录
Contents

001 / Chapter 1　　　猝不及防喂狗粮

014 / Chapter 2　　　周幼清，感谢支持

025 / Chapter 3　　　齐·应该姓嚣，嚣张的嚣·宥白

037 / Chapter 4　　　我的梦想是有一个老姑父

048 / Chapter 5　　　一个用厨艺征服全乒乓球队的女人

060 / Chapter 6　　　生日快乐，小球迷

073 / Chapter 7　　　所以，我才来得及喜欢你

084 / Chapter 8　　　如果是周幼清的话

094 / Chapter 9　　　我愿做长风绕战旗

108 / Chapter 10　　你呀你，是自在如风的少年

119 / Chapter 11　　谨代表柚子全体上下感谢周幼清

128 / Chapter 12　　被乒乓球耽误的影帝

目 录
Contents

138 / Chapter 13　　那么，是的，周幼清，我喜欢你

148 / Chapter 14　　但愿你的梦里会有我

158 / Chapter 15　　你在我身边，陪我览山水

168 / Chapter 16　　周幼清，我会赢

179 / Chapter 17　　我是这么一个容易被你左右的人

189 / Chapter 18　　因为她知道我爱你啊

201 / Chapter 19　　悲剧是把所有的美好打碎在眼前

213 / Chapter 20　　喜欢到底是有多不值钱

223 / Chapter 21　　我还爱你，直至余生

233 / 番外一　　　　你男朋友不穷的

239 / 番外二　　　　周幼清，你愿意嫁给我吗？

Chapter 1
/ 猝不及防喂狗粮 /

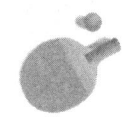

"那齐宥白和霍思礼之间,你比较支持谁?"
"齐宥白。"
"为什么?我们霍队不好吗?"
"因为,他是我男朋友……"

这段视频在今天第 10 次循环播放的过程中被中断,笔记本电脑被人干脆利落地合上,电脑中的女声在下一刻戛然而止,葱莹玉白的手指压在盖子上还没来得及收回,就被一只骨节修长有力、指腹略有薄茧的手掌覆盖,转而牢牢握住。一个用力,下一秒,周幼清就被拉入一个清爽干净的怀抱。

齐宥白结实的双臂圈着周幼清,下巴抵在她的左肩上,鼻尖触碰着她柔嫩的脸颊,因为刚看完视频的好心情,吃吃地笑起来。

"齐宥白!"周幼清既抽不出被他紧握住的右手,也挣不脱这个怀抱，只能直接放弃和专业运动员比力气的做法。她把脖子往外伸，拉开和他的距离之后继续正题，"齐宥白，我是认真的，以后不准再看这段视频了。"

虽然现在这个别扭的坐姿，让她说话的底气不是很足，但周幼清努力让自己的语气变得义正词严，脸上的神色也是严肃如磐石，一副无可撼动的样子。

任谁每天不间断地重复听这几句话也会厌烦，哦，除了齐宥白。

从比赛结束后的那天晚上开始，他一有空就重复播放这段视频。自己看也就算了，他还在国家队里面拉着队友教练一起"分享他的快乐"，以至于现在国家体育中心全体上下都在时刻提防齐宥白，一旦他打开手机或者电脑，就要做好逃离现场的准备，免得被拉着听半小时内容重复的告白。

那样子太像是惊弓之鸟，可怜得哟，让周幼清不得不怀疑，是不是自己做错了事。

这段视频，来自一个月前的世界运动会上。

周幼清坐在乒乓球男子单打决赛的现场，此时是回合之间的休息时间，周遭的声音嘈杂，她身子前倾，以便更容易听清楚坐在她前排的国家队男乒队员们，对刚刚几回合比赛的讨论。

因为听得太投入，无暇顾及其他，所以，对于突然出现在面前的话筒，周幼清一脸茫然，心想："他刚才在问什么？这种情况除了微笑，我还能说什么？"

这么想着，她把脸上愣怔的表情自然切换成了不失礼的微笑。

国家台的男记者见周幼清没有回复，又朝她稍微靠近一点，并提高声音重复了一遍问题："这位女士，你好，请问一下，你也是喜欢乒乓球的球迷吗？"

播音腔，问得中气十足，掷地有声。

这下子，不仅周幼清听到了问题，前排正在分析比赛的男乒队员们也注意到后面的动静，男乒八卦小分队成员们立刻停止讨论，回头准备看热闹。而他们这么大的动静，也让跟在记者身后的摄影师，不留痕迹地下了几级台阶，调整位置，刚好把这群世界级乒乓球选手拍进来。

端着"不能在全国人民面前丢脸"的态度，周幼清保持神色正常，朝记者点点头："对，是球迷，虽然入胖球队这个坑还不算太久。"

胖球，民间对乒乓球的爱称。

"对于今天这场齐宥白和霍思礼的决赛，你怎么看呢？"

"我看得手心都冒汗了。"她面容轻松地借着记者的话开了个玩笑，然后稍微停顿了几秒，在心里组织好话语，才正色回答，"今天的两位运动员都是世界排名前三的顶级选手，而且是从小一起训练的队员，没有人比他们更了解对方的优势和弱点，所以，这场比赛的结局充满不确定性，赛况特别激烈，我作为观众都能看出一身汗。"

也许是没想到随机挑出的观众能够回答得这么恰当得体，加上离下一局开场还有点时间，国家台记者并没有立刻走人。他边听边点头，在周幼清说完之后，立即接着问："那齐宥白和霍思礼之间，你比较支持谁？"

国人都知道乒乓球是国球，为了让民众爱上这项运动，近些年，国家队一直致力于在年轻人中推广乒乓球运动。霍思礼作为国乒队男队队长以及齐宥白这个世界乒坛最年轻的大满贯得主的话题人物，在球迷心中的位置各占一半。所以，记者问出这种二选一的问题也不奇怪。

虽然平时和霍队的关系很不错，但亲疏远近在此刻完美体现。周幼清没怎么思考，就开口回答："齐宥白。"

"为什么？难道我们霍队不好吗？"

这问题，让前排只负责围观的伪吃瓜群众——真国家运动员情不自禁地坐直身子，相互之间使了下眼色，并在心底不约而同地给这个会搞事的记者点赞。

说起来，这是道很简单的送分题。

国家台的体育频道经常会科普，齐宥白从年少时嚣张肆意到现在依旧霸气热血的运动生涯，这些视频让齐宥白圈粉无数。周幼清正准备以这个基调回答，会场里的观众突然发出一阵高过一阵的起哄声，隐隐约约，女球迷们似乎更加兴奋。

顺着大家的视线望向赛场，场边的齐宥白面朝教练，快速地换下身上早已经汗湿到贴背的衣服，背部线条优美流畅，没有一丝多余赘肉，很完美，可也如此轻易地暴露在大家眼皮子底下。

男朋友在被很多人一起吃豆腐。这个想法第一时间在周幼清的心底冉冉升起。随即，她又第无数次庆幸齐宥白好歹不是游泳运动员。

在坚持认为是运动员不拘小节的风气带坏了自家男朋友之后，她也暗自做出决定。周幼清重新直视镜头，笑得春风和煦，让人移不开视线。她推翻了原本要说出口的回答，回答道："因为，他是我男朋友。"

嗯，这个回答可以的。

明明上一刻还在正经接受采访的人，突然说出这么一个不正经的回答。男记者心里苦，但凭着多年奔赴在采访一线的经验，头脑里迅速掀起一阵风暴，在镜头前救场："哈哈哈，这位女士很会开玩笑嘛。早就听说齐宥白是体育圈的国民老公，没想到今天采访就遇到了他的迷妹。观众朋友们，第五局比赛马上开始了，我们继续来看接下来的比赛吧。"

他丝毫不相信自己运气真的那么好，随手采访一个观众就找上了齐宥白的女朋友，所以只当周幼清是在开玩笑，毕竟现在"国民老公""国民男神"这么流行。

没有注意到周幼清的目瞪口呆，也没有询问前排的"国宝们"为什么会笑得上气不接下气，男记者带着摄影师飞快地离开了这个地方，生怕等下周幼清继续不动声色地放出什么大招。

"这位记者真可爱。"沈从辉夸张地擦了一下眼角不存在的眼泪。

坐在他身边的袁周率靠在沈从辉身上，看着后排假装刚才什么都没发生的周幼清说："我姐难得正式公开给小白哥名分，没想到啊没想到。"

这剧情根本不按套路走。

旁边的程琪不甘寂寞，也加入讨论："观众中间，应该会有真相帝的吧？"

是的吧？周幼清从来不会小看网友们的八卦力量。

"他是我男朋友"这句话并没有引起男记者的重视，但这个回答在网络中，无疑是一块被扔进平静湖面的石头，激起涟漪无数。

国家台的网络直播频道，刷起无数条弹幕。

"每天都有人在跟我抢老公，心累。"

"不不不，他是我的男朋友。"

"看来，我和齐宥白的恋情不能瞒下去了。"

还有一群霍思礼的粉丝出没："抱走我霍队。"

"前排我小叔子们为什么会这么关注一位路人甲的采访，没点猫腻我都不信。"

"有没有人出来八一下这位观众，我怎么觉得她好眼熟？"

事实证明，吃瓜群众的八卦能力是与生俱来的。

"周幼清，国乒队一队队员袁周率的表姐，人气画手，曾和齐宥白一起上过一期综艺节目，两人传过绯闻。加上男乒队员们的表情，总觉得，她不是在开玩笑。"

一条红色加粗弹幕挂在网友们的显示屏中间，短短几句话就提醒了无数人，周幼清是曾经和齐宥白传绯闻传得沸沸扬扬的女人。

只是，接下来的比赛已经开始，大家暂时没有细究这个事情。

齐宥白目前是世界排名第一的乒乓球运动员，战绩辉煌到被邻国称为"帝国的战神",然而,"战神"有一个让教练组无可奈何的缺点,就是经常在比赛中走神。

双方的比分一直不相上下,全场气氛跟着比赛节奏时而凝固时而爆发,比赛不知不觉来到最终局,在男单决赛最紧要的时候,齐宥白居然又放飞了自我,脑海里闪入一道清晰的身影。

于是,通过直播镜头,全世界几亿人都清楚无差别地看到,比赛开始就面瘫到没表情的齐宥白,突然从乒乓球桌旁站直身体,没有任何先兆地朝着观众席上露出了一个笑容。

而球台对面的霍思礼,收住自己将将想要抛发球的力道,对齐宥白突然打乱自己节奏的事情也没有计较,只是既宠溺又无奈地摇头笑了笑。

"你们家宥白是怎么回事?"

"我猝不及防地收到了来自齐宥白的笑容暴击。"

"不好意思哦大家,我老公就是这么任性。"

"霍队一脸宠溺地笑,被竹马成双CP喂了口糖。"

不明真相的群众又在网上的直播频道上发起一连串的弹幕,坐在看台的八卦小队却明白了真相。

"天哪,小白真是心机婊。"男乒队八卦小队队长——程琪首先发表感言。

"居然任性打乱霍队的发球!缓冲比赛节奏,这个大写的心机男!"对于互相贬损这件事,男乒队每个人都很上手。沈从辉立马接话往下说。

"你懂个屁！"很明显他想说的并不是这个，程琪拍了一下沈从辉的后脑勺，接着道，"一看就知道小白是在对谁笑。这不是在暴击霍队这只单身狗吗？"

"哦！也不知道是有爱情光芒加持的小白哥厉害，还是被暴击狂化的霍队厉害。"

这个问题的答案在5分钟后就被揭晓。

以4:3的大比分赢得比赛的齐宥白手握球拍绕场小半圈，冲着天空竖起食指比画了第一的手势，目光扫向观众席，眼神里尚未退去的霸气暴露在灯光之下一览无余，宛如一匹在巡视自己地盘的头狼。

如解说员所说，齐宥白和霍思礼开启了一个新的乒乓球时代。而这场比赛，代表着这个时代最高水准的乒乓球竞技水平。

体育馆内的所有人都起立鼓掌，周幼清听到自己身边的外国观众连续喊了三声"Bravo"。3号馆内的掌声雷动，久久没有消散，齐宥白和霍思礼在台上互相恭喜祝福，和两边的裁判握手，冲着全场鞠躬致意，才跨过广告板退场。

主管齐宥白的闫教练立马迎上去，给自己的得意弟子一个激动的拥抱。然而，齐宥白没等教练抱着他抒发感情，就轻轻把他推开，随手把毛巾往座位上一扔，迅速往场边走。双眸低垂，浓密的睫毛挡住来自四面八方探索的目光，他像是没有看到等待采访他的各国记者一样，小跑着从他们身前经过，几步跨上台阶，走到观众席上。

被冷落的闫教练丢脸地摸摸鼻子，看到自家弟子抬起脚就知道他要往哪儿去，扭头对一旁的国家队主教练曾凡国抱怨说："又搞事，又搞事。他怎么不改姓嚣？嚣张的嚣！一天不消停就全身不舒服。"

"不趁年轻多闹腾几下，以后哪来这么多精力。"主教练表示很理解。不过，微博上肯定又有一大堆的迷妹向他告状，要求把齐宥白拉去封闭训练。

他看着已经人在看台上的齐宥白，嘴角的笑容变得有点晦涩，他又能再带齐宥白训练几次呢？

好吧好吧，在这个开心的时候，就不要想那些有的没的了。

瞎搞事的齐宥白和看台上一字排开的男乒队员们一一击掌，然后再也没有心思去管这些大龄单身老爷们儿了。他来到周幼清面前，目光璀璨有神，嘴角一抹上扬弧线。他露出从未有过的乖巧模样，让围观群众都啧啧称奇，恍惚中像是看到刚才的那匹头狼变成一只大型犬，在卖乖讨要主人的表扬。

全场静默，所有人都在关注这边的动静。

"辛苦了，双满贯得主。"周幼清伸出双手，眼中的泪光微闪，像是所有星光都落入她的眼中。

是的，这是他获得的第二个世运会男子单打冠军，有了它，齐宥白的头衔又多了一个——乒乓球双满贯得主。

迄今为止，世界乒坛上唯一一个双满贯得主。独一无二，也就代表他曾经付出的努力。

他好像从来不觉得自己训练得有多辛苦，可一直陪在身边的周幼清在这样的时刻，回忆起往日里，他练到腰伤复发，肩膀痛得抬不起手臂的时刻，泪水渐渐湿润眼眶，模糊眼前的身影。

"丢人。"虽然嘴上嫌弃,但齐宥白眼角眉梢依旧是荡漾在春风里的柔情。

他上前几步,轻轻拭去周幼清脸上的泪水,然后把人抱入怀里,埋在她的颈边:"周幼清,我赢了。"

怀里的人点点头,没说什么话。虽然整件衣服已经汗湿,但齐宥白仍然感觉到肩膀上一点点蕴热。手掌轻轻拂过她妥帖垂下的长发,安抚地在她后背拍了两下,他知道周幼清这是在心疼他。在所有人都为他的成功而欣喜的时候,只有周幼清在意的是他的不容易。这一刻,齐宥白的心随着从肩膀上慢慢渗透到皮肤的热量,像是沐浴在斜风细雨中,一点一点变得潮湿起来。

"周幼清,回去我就退役,以后我的时间都留给你。"

过了良久,周幼清吸吸鼻子,闷闷地传出声音:"你的所有决定我都会支持,只要教练们愿意放你走。"

齐宥白女朋友 ## 齐宥白发狗粮 ## 齐宥白双满贯

这三个话题,瞬间霸占了微博热门话题前三的位置。

乒乓球的推广活动很成功,所以越来越多的年轻人在这些年里喜欢上国球这项运动。国家台记者并没有说错,被乒乓球队打造成明星运动员,经常活跃在宣传队伍第一线的齐宥白,早就已经是体育圈里的"国民老公"。迷妹的数量不输于娱乐圈里的任何一线男明星。

因为国家台的直播和现场观众们友情拍摄上传到网上的照片,全国人民基本上都知道齐宥白的女朋友现身决赛现场。好好看比赛的观众被猝不及防地塞了一口狗粮,而最让他们抓耳挠腮的是,因为记者们不好意思打扰人家谈情说爱,于是远远落在当事人身后,并没有把他们的对话收音。

以至于无数人去齐宥白微博底下留言祝福的同时,还有一半人分流出来去了国家台体育频道的微博底下,恨铁不成钢地留言:"我要你们这些没眼力见儿的记者和摄影师有何用!"

"建议你们去学习一下娱记精神。"

"他们一定是在说情话,那么问题来了!他们到底在说什么情话呢?!"

领奖台已经准备好,一直不肯回去的齐宥白终于被看不惯的闫教练拉走参加颁奖仪式。而留在原地等他回来的周幼清红着脸,接受来自周围不同肤色的人们善意的祝福。

以及,国乒·八卦长舌男·运动员们的打趣:

"幼幼,小白是不是有点烦人?"

周幼清在用英语感谢来祝福她的外国观众之后,脸上维持着刚才的笑容,小声快速地回答了这个问题:"再烦人也比你可爱。"

打头炮的程琪捂着受伤的小心灵退下。

"你们大概已经吓坏了央视的那位记者。一个说他是你男朋友,另外一个直接用行动表示。"

"哦,这大概是妇唱夫随,你们单身狗不懂。"

单身狗招你惹你了?我也是单身王老五!尚未有过女朋友的年轻运动员伍晏安闭上嘴不说话了,只是手上的动作一直没消停,被他戳得有点心烦的袁周率接过大旗,开口说:"姐,小白哥……"

"你们再说一句,今晚的夜宵就没有了。"

"夜宵"两个字成功抓住整个挑拨小组的命脉,谁也不再多说一句话,闭着嘴看接下来的颁奖仪式。

远处的齐宥白已经在场内主持人的引导下,站上了最高领奖台。他右手摸了一下垂在胸前的金牌,左手举着花束朝看台的方向挥了挥手,国家队的队员都穿着红色队服,而周幼清恰好在他们身后一排,这让大家轻易地就在千人之中定位周幼清。镜头适时地转到观众席上,电视机里又出现周幼清和男乒队的身影。

周幼清没有注意到周遭环境,直愣愣地盯着领奖台上站在最高处的那个人。他此时已经收回投向这边的目光,右手放在胸前,眼睛全神贯注地盯着即将要在这片陌生土地上升起的五星红旗。

周幼清的耳边回荡着很早之前齐宥白曾说过的话,他说:"竞技体育能给运动员最大的成就感,就是国旗因为我们而升起。"

升国旗奏国歌,周幼清随着人群一起起立,场内所有的国人全都伸出右手搭在胸口,面容庄严肃穆,体育馆上空飘荡着所有人的合唱。她似乎有点明白,网上好多人说的那样,世运会泪点最低的时候,大概就是在五星红旗随着国歌冉冉升起,飘扬在最高端的那一刻。

"齐宥白,首先恭喜你获得本届奥运会乒乓球男子单打冠军。"颁奖仪式后,国家台男记者再次出现在观众面前。

"谢谢。"

"这次过关斩将,最后击败同一队的队友霍思礼赢得比赛,你能说几句感想吗?"

"嗯,霍队的竞技水平很高,他的球技目前在乒坛上无人能敌,我赢他主要是今天的状态吧。"

"说到你今天的状态,是不是因为女朋友在现场,所以发挥得更加得心应手一些?"说到这个问题,男记者的声音有点低,连"女朋友"三个字他都是含糊过去的。

"怎么说呢,她在现场看着我,也有给我打气加油的成分吧。"

"你能说说,和你女朋友的这段感情吗?"

双满贯得主的表情突然柔和下来,眼睛中的光芒似水:"我们能相爱,这已经是最好的安排。"

"媳妇儿,你这样子有点太霸道。"

齐宥白委屈地撒娇打断了周幼清的回忆,她嫌弃地推开在自己左肩上正用头发蹭着自己的齐宥白,鬼知道他又是哪根筋不对了。

因为球风和性格犀利,主教练曾拿狼性来与齐宥白比较,于是,全国人民都觉得他是一匹桀骜不驯的"头狼"。然而,又有谁能想到,一贯面瘫少言的齐宥白在周幼清面前的画风,是一只打滚卖萌的哈士奇。

连周幼清偶尔回想他们最初的见面,都会恍惚一阵子。

这个世界有时候就是那么小,小到微风轻起,就把他吹进她眼里。

Chapter 2
/ 周幼清,感谢支持 /

周幼清接到唐越电话的时候,她正堵在机场入口处。前面的车半天挪不了一步,后面的车喇叭声此起彼伏地催促着。

"喂。"因为这个聒噪嘈杂的环境,就算车里开着冷气,她语气中的火气还是没有消掉,被电话那头的少年听见,以为她是对自己不耐烦。

"幼幼,你还来不来接我啊?"唐越细弱的声音夹着一丝委屈,生怕得到的回答不是自己想要的。

周幼清抬手看了眼时间,有点心虚。唐越八点半就打来电话把她从睡梦中叫醒,说自己已经下飞机了,让她来接。现在已经是十点一刻,他在机场里已经干等了快两小时。

这么想着,周幼清半点脾气都不敢发:"我来了啊,现在被堵在机场入口呢。"

她打开车门,半边身子探出去想看下前面到底出了什么事,无奈视线被高矮不一的车身遮挡住，只能拦着从前面打探情况刚刚折返的人问："请问下，前边是怎么了？"

"一拨小年轻在追星呢，车停得那叫一个乱，不过刚刚机场保安过去维护秩序了，估计这路马上就通了。"

追星？难怪了。

周幼清点头致谢，重新坐回到车里，对着还在通话中的手机说："我马上就到，你在哪儿？"

"我在出发层的中餐馆等着。"从电话里听到大概的情况，唐越再次恢复活力，连声音都变得清亮，"那你慢慢来，我等你。"

机场保安的工作效率还是立竿见影的。

没过多久，车流开始慢慢移动。

周幼清把车停在出发层外面，迅速地开门下车。一踩到地面上，空气中的热浪从四面八方席卷而来，立刻驱走周幼清身上残留的最后一丝凉意。

刚才的堵车加上现在的闷热天气，她不由得在心里骂了一声，然后皱着眉，朝机场出发层大厅匆匆走去。

在经过那一群给偶像送机的年轻人面前时，周幼清特地放缓脚步，观察他们的神情。

每个人脸上都淌着汗，然而这似乎并不是他们所在意的事情，他们时不时踮着脚左右观望，估计是希望能够早点看到自己的偶像。机场大厅人来人往，大家都好奇地打量着他们，但是，还是有许多的人对此浑然不关心。他们脸上都是坦然和自豪，有几个人还特地举高自己手上的横幅,像是要让过往的人都看清楚自己喜欢的偶像。手幅上的 Q 版人物和文字都不是统一的,"霍思礼""程琪""沈从辉""伍晏安"……一路扫过去,都不是她熟悉的名字。

啧,时代在变化,她这个被网友们戏言说"已经可以作古"的 90 后,再也赶不上现在小年轻们的时尚了。

收回目光,她没有再多想。

机场外面的临时停车时间不能超过六分钟,再不把唐越带出来,回来就能收到罚单。

"幼幼怎么还不来?

"我应该会一眼就看到幼幼。

"那个人的发型像幼幼,不过还是幼幼好看。嘿嘿嘿……"

唐越在知道周幼清到达机场的时候,就拖着行李出来站在中餐馆门口等着,他双手插兜,嘴里嘟囔着自己才知道的内容,双眼来回巡视等待周幼清的出现。

在熟悉的母语环境中,等着自己喜欢的人,这个场景已经让他幸福得不能自已。

唐越是周幼清邻居家的孩子,跟周幼清的表弟袁周率是好到能穿一条裤子的哥们儿。从他记事开始,就每天捧着自己的专用小碗勺来敲袁家大门,整天和袁周率一起跟在周幼清的后头,姐姐长姐姐短地叫着。

袁周率头脑简单四肢发达,十四岁被选进了省乒乓球队。而唐越是情商低到只有袁周率这一个朋友的天才儿童，在袁周率进省队之后，他就被国外名校免试录取。

唐越是个死心眼，认定的事情再也不会更改。他小学三年级时参加学校组织的儿童节活动，唐越班级里选择童话故事扮演的节目，因为唐越小朋友嫌弃自己班里的小女生不够美，于是联合班上所有小男孩抵制她们扮演白雪公主的角色，最后把个子高出他半个头的周幼清拉来帮忙，这个节目才算顺利演出。

但是，这件事引发的后遗症是，唐越认定扮演白雪公主的周幼清是这辈子要跟他在一起的人。

出国那天，唐越看到送机队伍中的周幼清，死活不愿意登上去美国的飞机。他拉着周幼清的手叫嚣着："我要跟在周幼清的身边，和她地老天荒一辈子。"

然而，奈何他年纪小没人权，所有的信誓旦旦都抵不过唐老爹的蛮力。

最后，他是被他爹硬捆上了飞机。

预科一年加本科四年，唐越每天上课、写论文、修学分，忙得连回国的时间都没有，唯一几次撑不住想回国的时候，打电话给袁周率跟他视频聊天，才借机看了几眼周幼清。

现在总算提前一年毕业回国。

"这人身形和幼幼差不多，这件衣服给幼幼穿一定很好看……"

哦，不对，这就是他的幼幼。太久没见面，他差点认不出心心念念的周幼清。

唐越顾不上身边的行李，像是幼鸟第一次飞入山林，脚步轻快地向周幼清飞奔而去，抱住她一个劲地喊："幼幼幼幼幼幼……"

"你知不知道我在国外有多想你。"这句话没来得及说出口，就被周幼清拍得消失不见。

虽然时隔多年，当初的小豆丁早已长大成为一个男人模样，但周幼清仍然熟练地拍了一下唐越的后脑勺："幼什么幼，给我叫姐。"

才不叫。

唐越装作没听到，松开手揉揉脑袋："我箱子还在后面，幼幼你等下，我去拿。"他说完转身跑去拖箱子。

周幼清有点头疼。她忘记唐越从什么时候开始固执地只喊她名字，好像称呼上平等了，自己就不会把他当作弟弟一样。

她一直觉得唐越喜欢自己这件事情，是他年纪尚小，不懂事。而现在，她也没把唐越的喜欢当真。他爱较真，只不过是钻进死胡同，暂时出不来而已。

两个人从机场大厅出来的时候，门口的少年们似乎已经等到了他们的偶像团体，人群有点躁动。

唐越丝毫不理睬离他们相距不远的混乱，只是借着这番场面，内心窃喜，脸上也笑意盈盈地握着周幼清的手腕："来，我牵着你，我们别走散。"

"那谢谢啊。"虽然她并不觉得他们有什么好走散的，但周幼清还是任由唐越牵着，目光却朝着那边人群看去，对于自己不认识现在的新生代偶像这件事，她心里还是不服气的。

一辆车身涂着国旗的大巴车缓缓开进人们的视线中，停在大厅门口。粉丝们再也克制不住激动心情，尖叫着一窝蜂拥上去，立刻围住大巴车的车门。不一会儿，车门打开，穿着鲜红队服的男生一个接一个地从车上下来。

那一群粉丝也分成不同的小团体，喜欢的人都不一样。所以，车上下来一个男生，就分出一拨人围着他。这场景让周幼清想到幼儿园放学的时候，门外都会围着一堆把自家孩子认领回家的家长。如此一想，有点莫名好笑。

她这一笑，又引起时刻关注她的唐越的注意："幼幼，你在笑什么？说出来我和你一起笑。"

因为"幼幼"的称呼，周幼清又瞪了他一眼，然后微抬下巴回答："笑那群人。"

唐越这才认真地往那边看了一眼。

"国家乒乓球队？"因为袁周率的邀请，唐越曾经看过几场乒乓球的国际公开赛，所以一眼就认出了他们的队服。

"哦，原来不是混娱乐圈的啊。"虽然小表弟也是乒乓球运动员，但周幼清从不过多去关注这项运动，最多也就认识袁周率所在的省队的队友们。

一阵风穿堂而过，周幼清扭头把吹乱的几绺头发重新归置到耳后，眼睛却在这时搜寻到一个身影。

她问唐越："那最后那人也是吗？"

那人穿着统一队服，一米八多的身高，从车上慢悠悠下来，睡眼惺忪，他随意拨了几下后脑勺上被睡塌的头发。刺眼的阳光见缝插针，填满他栗色的发丝间隙，整个人像蒙上一层光辉，一下子吸引住周幼清的视线。

周幼清有点疑惑，虽然这位运动员有点冷漠脸，但照她看来，他大概是一行人中最好看的，可是身边却没有粉丝迎接。在当下看脸的社会，这很不正常。

一旦涉及周幼清关心的问题，唐越就异常敏感，此时他无端产生一丝危机感，也不回答周幼清的问题，反而问出一句："怎么，你喜欢他这样的吗？"

他心想着：比自己高一点，壮一点，嗯，长得帅不帅这个问题不太客观，暂时略过。不过，应该没有自己聪明。

"是啊，我喜欢的人是他这样的。"

周幼清点头，手还指着那个背着包落后在人群几步之遥，却仿佛自成一个世界的人。

用发现美的眼睛，以纯欣赏的目光去看他的脸，逻辑很通顺，只是不包括那双在日光下能亮瞎眼的荧光绿鞋子。

周幼清说话的声音有点大，惊动了他，连带着他身后的其他人都向这边看过来。

自己说的话一定是被听见了，还好没有吐槽鞋子。

心理活动剧烈的周幼清蓦地一脸红，一下子被这么多双眼睛盯着，身体本能地想躲，然而她却坚持着没有回避视线。

她从来都是把唐越当成弟弟，刚才听到他的问题，才决定借这位和他完全不是一个类型的运动员打击一下他，让唐越早点放弃自己。

所以，一个谎话被人听见而已，心虚什么？周幼清不断为自己打气。

"小白，要下车了，醒醒。"

齐宥白被霍思礼推醒后，靠着车窗一边醒神，一边看队友们下车后被人一圈一圈层层围住。

幸灾乐祸的眼神有点发亮，这让还留在车上的随行人员以为他也羡慕这种场景，就开口安慰："小白啊，过不了多久，你也会有这么多粉丝的。"

毕竟一年以前，他还是世界排名第一，史上最年轻的乒乓球大满贯得主，也被人用鲜花掌声簇拥。虽然已经离开国家队一年时间，所有比赛他都没有参加，解说和媒体也从刚开始经常提及"齐宥白"三个字，到现在几乎无人问津，所有人好像已经忘记齐宥白。

但，他们都相信，只要他出现，往日的荣光，会重新回归。

"我又不是明星，要粉丝干吗？"齐宥白站起身，不在乎地伸个懒腰，"有球迷就够了。"

他从来不在意有多少人喜欢自己。运动员嘛，成绩是根本。对得起自己，对得起教练，对得起国家，除此之外，都是虚的。

齐宥白拎包下车，忽视霍思礼回头向他投递的求救目光，垂头避开耀眼的阳光，和随行人员一起走在人群后面。

"我喜欢的人是他这样的。"一道清脆的女声在不远处突兀响起。

齐宥白被身边的人推了推，示意他看过去。

"你球迷，跟你表白呢。"

他轻抬眼皮，发现是一个穿着蓝色修身连衣裙的姑娘正用手指着他，目光炽热，脸颊绯红。

回想刚才她说的话，齐宥白双手插兜信步朝她走过去。

"要签名吗？"不是说是自己的球迷吗？虽然不在意什么粉丝不粉丝的，但他对喜欢自己的球迷，还是会照顾一下。

什、什么？

周幼清有点蒙，她从齐宥白冲她走来的时候，就已经有些看不明白眼下的剧情发展了。大概是，他听到自己刚才的话，然后把自己当成球迷了？

一旁的唐越还没从"周幼清喜欢别人"的打击里反应过来，就发现"头号情敌"已经来到面前，还不要脸地问幼幼要不要签名？

反了天！他忍不住挺起自己被美国牛排养了四年的胸板，准备和情敌正面杠一下。但是，所有为爱怼天怼地的勇气都被周幼清打断。

她说："要。"

齐宥白从包里拿出备用球拍，周幼清也很有眼色地从包里拿出一支黑色水彩笔递给他，但面前的人接过之后，把笔帽冲着她。

周幼清不解地和他对视三秒，突然福至心灵，颤着手试探地把笔帽拧下来，飞快地背到身后，狠狠地握紧拳头，希望能制止这种不可控制的颤抖。

大学伊始，周幼清的死宅性格让她在现实生活中根本无须接触太多陌生人，等她反应过来，已经开始有社交性恐慌了。

至少现在，面对眼前的这个人，她其实是慌张的。

"名字？"

"周幼清。幼儿园的幼，三点水青。"

"想要我写什么话吗？"

又不真的是自己喜欢的偶像，周幼清诚实地摇头。

唯一一个小球迷还这么无欲无求，齐宥白顿住，而后，在球拍上龙飞凤舞地写下"周幼清，感谢支持"，落款是"齐宥白"。

寥寥几字，飞扬洒脱，但是一笔一画充满力量，好看得和他的外形完全没有违和感。

"行了，那再见。"齐宥白把球拍递给她，发现周幼清还在盯着球拍愣神，半天没有接，他便直接把球拍塞到她手里。

这个球迷看上去呆呆的，不过就喜欢自己这一点来说，还是挺有眼光的。

他又瞥了一眼周幼清身边的唐越，年轻人火气旺，从刚才起他就感受身上有一道能把自己刺透的目光。

齐宥白忽视唐越眼中迸发的敌意，和周幼清点点头，继续冷着一张脸进机场。

VIP候机厅里。

国乒队人人都是八婆属性。在齐宥白进来之前，随行的队医身为目击证人,还在用他理科生贫乏的辞藻描述齐宥白被美女球迷当街告白的场景。

"虽说现在逮着一个姑娘就叫美女,但是那位美女是货真价实的美女。她身边还站着一位小鲜肉呢,齐宥白还能让这姑娘当着小鲜肉的面,说,我就喜欢他这样的。"

"哎哟哟,小白不得了啊。"一群单身老爷们儿表示羡慕嫉妒恨。

"那小鲜肉,看宥白的眼神啊,就像是燃着火,宥白得被他烧成一堆灰。"

"哦,我这堆灰来了。"齐宥白推开门。队医在分享完八卦之后,很有眼色地退场。

程琪仗着自己是队里的老大哥,率先发声挤对齐宥白:"哎哎哎,你刚干什么去了?"

"勾搭小姑娘。"齐宥白瘫在霍思礼旁边的沙发上,离登机还有半个小时,他压低帽檐,挡住已经耷拉下来的眸。眸底因为哈欠浮起的氤氲水汽,让他看起来显得有点无辜。他摆摆手,拒绝接受其他人的调侃,双手抱胸合眼准备打个盹。

放空之前,大脑皮层还放映着那个初次见面的身影。

对,还是有人记得他的。

周幼清。

Chapter 3
/ 齐·应该姓嚣，嚣张的嚣·宥白 /

七月天，酷暑难当，蝉声盈耳。

后车座的袁周率在家族微信群里，发了一条语音："我已经到训练基地门口啦。"

父亲姓袁，母亲姓周，于是袁怀瑾给儿子取名叫作袁周率，小名叫派派。

袁周率起步晚，十岁接触乒乓球，十四岁进省队，今年十八岁，几天前收到入选国家乒乓球队的通知，在家乡分批宴请了亲朋好友后，才提着大包小包，跟着爸爸一起到了首都，和周幼清会合。

外来车辆不得驶入体育总局，周幼清围着外墙转了一圈，才找到一个香樟树荫下的车位。

周幼清的姑姑、袁周率的妈妈周薇收到消息，财大气粗地在群里接连发了三个200块钱的红包，红包名称分别是"幼幼小仙女辛苦了""首都很热,就当这是高温补贴""预祝派派小朋友在国家队努力训练,好好表现"。

　　自从有了微信,周薇最大的爱好就是以各种理由在家族群里面发红包,受她影响,群里的其他长辈也都开始走上一言不合发红包的不归路。家族小辈们感恩戴德,这辈子发家致富就全靠家族群了。

　　"姐,我妈让你去群里抢红包。"袁周率抢完自己那份之后,立马接到周薇的电话。电话那头的女声,说的第一句就是让他提醒周幼清去抢红包。

　　"哦,知道了。"

　　袁周率点点头,开始转达第二句话:"爸,我妈让你给她转钱,她微信钱包里面没钱了。"看到他爸解锁手机之后,他这才准备和妈妈聊会儿天。

　　但是周薇并没有闲谈的意思,说了自己要说的两件事之后,一把就挂断了电话。

　　唉,他妈妈真是父母界中的一股清流。

　　袁周率撇撇嘴,把手机塞回兜里,完全没把外边的高温当回事,打开车门去拿行李箱。

　　周薇准备的行李有点多,周幼清手上还拎着饭盒,里面是她早上给袁周率做的可乐鸡翅和糖醋排骨。三个人分别拖的拖,抱的抱,看上去有点打眼。

　　齐宥白在三楼看着远处正向这栋楼走来的人影,觉得像是在哪里见过。

落后几步的霍思礼走上前一把搂过齐宥白的肩膀,顺着他的目光朝窗外看过去,楼下是三个人影,也没什么特别的。

"愣着不走干吗?教练们还在办公室等着呢。"

"等等再进去,让教练先消消火。"齐宥白耸耸肩,临时胡诌了一个理由。

"哇,小白哥,你真是老奸巨猾。"伍晏安被齐宥白的智商给折服,不过他乱用成语的毛病依旧没得治。

和伍晏安一个主管教练的沈从辉突然为同门小师弟的安危担忧,看到齐宥白的嘴角扯出一个不怀好意的笑容,他最后一次为师弟解围:"快闭嘴吧你,语文不及格,还好意思说成语。"

所以说他们几个的平均年龄只有四岁,不能更多了。

霍思礼看着这些队友,身为男队队长的疲惫感再次出现,他叹了口气,维持面上平和的笑容,打破眼前的局面:"走吧,说不定教练等久了,脾气更大。"

袁怀瑾在宿舍里面整理行李,周幼清带着袁周率来到主教练办公室,准备报到。

刚走到门口,他们就听到主教练办公室里传出来的声音,不急不缓,不高不低,在安静的走廊外听得分外清楚。

两个人同时止步,对视一眼,眼神交汇的那一秒达成共识,扒着没有合拢的门缝望进去。

周幼清看到熟悉的发色,立马认出其中一个低头挨训的人是齐宥白。

上次回家从包里翻出签名球拍之后，她闲来无事开始搜索齐宥白的履历。

二十二岁开始，花了一年多的时间，赢得了出征的所有比赛，获得了"乒乓球坛最年轻的大满贯得主"的头衔，也是历时最短达成大满贯成就的乒乓球运动员。这个年纪取得这样子的成绩已经是人生赢家，不过一年前不知道因为什么原因，他突然退出国家队，连常规比赛都没有参加。据说年少时因为在比赛上摔拍，被队里罚去乡下种田，国家台全程跟踪报道。

她并没有去搜集那些视频观看，只是为了对得起收到的球拍，随手涂了一幅人物水彩画发到社交账号上，被关注她的人评论："这个人披风戴雨一步步踩着光芒走来是很搜，但脚上的那双荧光绿鞋子……大大，你的色彩搭配学都喂狗了吗？"

"什么是'封闭训练'？都这么大个人了，词语释义、阅读理解会不会做？半夜偷溜出去吃夜宵，有能耐别让我发现啊。连我车开到跟前都不知道，你们主教练我的车牌号就这么不值得你们记住？你们说说蠢不蠢啊？还傻乎乎要拦我车回来……"

"教练。"伍晏安举起手，表示有话要说。

"说。"

"你车牌号我们都认识。昨晚是辉哥叫的车，他近视，再加上有点夜盲，你的车刚好停在他跟前，就以为是我们叫的那辆。"

被点名的沈从辉吓得虎躯一震，心里谢谢伍胖胖全家，并且决定以后伍胖胖作死自己也不会拦着了。在这个时候他真的不想被人拎出来单独提起。

而不知道已经失去国家队最后一个靠山的伍晏安只是委屈地抽了抽鼻子,心想:除了网约司机,谁没事大半夜地开车上街溜达。

"那你们这么多5.2视力的人跟着一个夜盲走,你们就骄傲了啊。"

觉得"有点夜盲"和"夜盲"不是一个意思的沈从辉撇撇嘴,表示不服气,然而,又理亏得说不出话来。

主教练曾凡国继续道:"国家队短你们吃短你们穿了啊?一个个平时拿盆吃饭,半夜还得出去吃夜宵,难怪你们一个个全是单身狗,看有哪家姑娘会要你们这群饭盆。"

霍思礼坚决不与剩下来的单身狗同流合污,立马表明自己的立场:"教练,我有女朋友。"

"有女朋友了不起啊?你问问她什么时候和你结婚?!"任性起来的主教练拒绝听任何辩解,并成功地向他的爱徒发送了一波新的伤害。

"尤其是你,程琪。年轻时多俊一小伙,现在胖了二十多斤,除了双下巴,你还有什么?知道你世界排名是怎么掉的吗?就是因为你胖得连球都接不动。现在网上都喊你程王其,你就没减减肥的想法?"

被点名的程琪,无语地看着主教练。既然知道网友们现在喊自己"程王其",那主教练肯定知道网友们也都亲切地喊他"曾胖"。

"你也半斤八两,伍晏安。你看看你的其他师兄,个头都一米八以上,就你只有一米七五,严重拖我们男队的后腿。平时吃得那么多,你说自己在发育期,也就算了。怎么吃下去的不长个子全长肉了?"

伍晏安瞠目结舌地看着比自己还矮几公分的主教练,心里有苦说不出。

这算什么？一场夜宵引发的血案？

齐宥白无聊地抬了抬快要撑不住的眼皮，努力不让自己睡过去。不就是昨天晚上他们五个人出去吃夜宵，后来准备打车回来，被教练逮到了。多简单一件事情，非得絮絮叨叨说半天。主教练曾凡国的唠叨功力越发深厚，训话时间按每个人半小时分配，现在屋里站着五个人，就算打个折也得一两个小时才能结束。

"还有你，齐宥白，给我先睁开眼再说。"曾凡国在最后终于把炮火对准齐宥白。

"教练，你说。"

这让他怎么说？齐宥白，身高183cm，体重75kg，身材比例好，肌肉线条完美。实在找不出话来训的曾凡国，看到齐宥白一脸"你是教练你开心就好"的表情，气不打一处来，也不管理由正不正当，就开口："小五还长点肉，你吃下去又不长个又不长肉，浪费粮食干什么。"

"我长脑啊。"

这话一说，教练和其他几个挨训的队员都不开心了。合着就你一个人长脑子，其他人都长肉是吧？阶级矛盾发生转移，大家一致把矛头对准齐宥白。

全程像是在听相声的周幼清和袁周率两人，死命咬着下嘴唇，深吸几口气努力压下喷涌而出的笑意。在听到"我长脑"的回答时，袁周率终于按捺不住，"扑哧"一声笑出声来。

屋内的所有人，不约而同地望向门口。

完蛋了。

报到的第一天就清楚了教练训话有多恐怖的袁周率瞬间尿了,马上躲到周幼清身后。

听人墙脚还被当场抓包,这件事情让周幼清尴尬得耳朵微红。然而,她还是硬着头皮,敲了敲没有关严实的门。

曾凡国干咳了几声,到底是比所有人多吃了二十多年的盐,面上丝毫没有任何异样:"请进。"

齐宥白在回头看到周幼清的时候,一个熟悉的身影从记忆里蹦跶而出。

哦,是她,那个傻乎乎的小球迷。

然而,被球迷围观自己挨批评的场面,这件事情怎么想怎么都让他有点抹不开脸。

齐宥白趁人不注意的时候,重新低下头,像是又开了小差,沉浸在自己的世界里,假装没有注意门外的来人。

"主教练您好,这是我弟弟袁周率,今天刚进国家队,来向您报到。"

"教练您好,我是来报到的袁周率。"

周幼清帮弟弟开了个头,就不准备再接着开口。看到袁周率略微拘谨地和主教练一问一答,她也不再关心两人之间的对话,专心地打量起一旁的齐宥白。

毕竟,剩下的这五个人里面,也只有齐宥白稍微熟悉一点。

从周幼清这个角度看过去，齐宥白侧脸方毅，棱角分明，与上次遇见相比而言，有点长长的栗色头发垂下来，恰好挡住他的眼睛。他站得笔直，低头沉默，像是一棵立在岁月中的不动声色的大树，仿佛刚才的那句"我长脑啊"的话不是从他嘴里说出来似的。

一人收敛眉眼，一人放肆张望，两个人之间的气场意外融洽。旁边的四个人互相挤眉弄眼，彼此无声地交换着齐宥白的八卦。

"以后有什么疑问，不管是技术上的还是生活上的，都可以问教练，也可以向你这五位师兄请教。"最后，曾凡国的话打断了所有人的思绪。

齐宥白这才抬起头，对上周幼清的眼睛，然后移开，看向袁周率："欢迎进入国家队，袁师弟。"

"礼儿，你说被球迷看到自己挨训的场面，是不是很损形象？"齐·应该姓嚣，嚣张的嚣·宥白在回到宿舍之后，立刻求助自己的发小。

霍思礼一脸诧异："你还在乎这个？"

齐宥白在赛场上，被教练训的次数数不胜数，也没见他有什么不自在。

"不不不，这不一样。"

"哪儿不一样？"霍思礼刚问出口，又立马反应过来，"你说，刚才那姑娘，是你球迷？"

"对啊。"齐宥白平躺在床上，双手交叉垫在脑后，"上次，我刚回来，第一次出去比赛时，在机场遇见的球迷。"

"那不就是，跟你表白的那位？"霍思礼回想起当时随行队医的描述，又回忆了一下周幼清的长相，"可以啊，齐宥白，袁周率他姐确实长得美。"

"别多想，就普通球迷而已。"

齐宥白清楚现在自己心里的不好意思，仅仅是因为，她第一次和自己近距离接触，他自认为自己举止得当，还很酷地给她签名。而周幼清那时候是他眼里傻愣愣的小球迷。

但是今天，她落落大方地站在门口围观了自己被教练训得像尿包一样的画面。

三十年河东三十年河西，可是他有点不能接受，自己伟岸的形象在小球迷心中坍塌的事实。

齐宥白纠结地在床上眯了一会儿，到了下午的训练时间，脚步一转跑去二队训练区找陪练。

"李伯良，过来一下，下午你来给我发球。"

远处一队的人都停下来看着没事跑去撩人的齐宥白，打算围观接下来发生的状况。毕竟齐宥白和李伯良有矛盾，是大家都心照不宣的事情。

李伯良听到从身后传来讨厌的人的声音，一恍惚，对面破空而来的球擦着他的耳朵落在了身后，而他却没有在意。垂在身侧的双手慢慢用力攥紧，然后又缓缓松开，他跟对面的人招呼了一声之后，才转身朝着一队的训练区域走去，他抬着头，目光直视，努力挺直背，眼里的骄傲和火气像是快要溢出眼眶。即使在和齐宥白擦肩而过时，也像是没看到身边有人一样。

被人无视的齐宥白，仿佛根本不知道他正在招惹一个讨厌自己的人。他挑眉耸肩，无辜地对前方怕他发脾气的二线队友们做了个摊手无辜的表情，而后，才端正脸色，又像是往常那样，没有表情地回到自己的训练场地去。

"齐宥白，你有病啊？"

在齐宥白第 N 次把球擦着他耳边打回来之后，耳朵红肿的李伯良积压了许久的脾气终于爆发出来，把手里的乒乓球当成是欠扁的齐宥白，狠狠地砸过去之后开始呛声。

"你能治啊？"拉满仇恨值的齐宥白依旧是慢条斯理，一开口能气死人的语气，没有丝毫故意回球擦对方耳朵的心虚，"我回了这么多个路径没变的球，你都接不住，还有理了？"齐宥白继续不要脸地辩驳，把黑锅全甩给李伯良。

你难道不是说练接发球吗？我一陪练难道不是给你发球就好了，还接个屁回球啊？

面对无耻的齐宥白，李伯良一下子不知道该怎么接话。

球场上一圈关注这边事态走向、怕齐宥白任性起来就没治的运动员，满怀同情地看着愣在原地的李伯良，特别是一队的队员们更是深表同情。

不能跟齐宥白讲道理，是他们用血泪悟出来的道理。如今，一直被齐宥白外表所蒙蔽的二队朋友也即将要明白这一道理。

李伯良一直看不惯齐宥白，认为他恃才傲物、张扬任性。

他要起横来不管不顾，偏偏教练们说起他来都是带着笑点着头的。

他拿到世界第一，但是说退队就退队，连体育局领导来劝说都不能改变结果。

全国乒乓球打得好的人那么多，他占着别人这辈子都可能得不到的首发队员的位置，可是在他眼里，"首发"这两个字根本不值一提。

齐宥白看起来做什么都很轻松，轻易地得到别人的喜欢，轻易地获得成绩，连平时枯燥的训练和时不时发作的伤痛都不是什么大事。

那比起来，他李伯良呢，他们这些每天自觉加练都得不到成绩不能出人头地的人呢？

有光就有影，齐宥白举世瞩目万丈光芒，他的光芒越盛就有越多的人被遮于他的阴影之下。

越是这么想，李伯良就越讨厌齐宥白。

齐宥白鼓起脸颊，下嘴唇嘟起，呼气把掉下来的刘海吹起来。这个娘里娘气的动作，被他做得有点可爱。要是被他粉丝看见，估计能对着花痴三天三夜。

这段时间，他一直参加各种公开赛，以前的球迷又开始谈论"齐宥白"三个字，凌厉的球风和男模外表也为他吸了一拨粉。至少现在出去，估计围在他身边的人不会少。

他用手背擦了一下鬓角的汗水，走到李伯良的边上，靠着球桌，接过他手里还剩下的球，小声说："你知道上学的时候，大家最讨厌的是去打小报告的人吗？"然后也不看他，自顾自起身，"行了，你回去自己训练吧。"

下午，齐宥白睡醒来训练场地，知道他们已经挨过骂的闫教练过来悄声提醒齐宥白，以后饿了就在宿舍里煮泡面吃，别瞎搞事，这种不良风气要被二线队员学了回去，到时整个教练组都得拿他们做例子。

　　齐宥白一听到这句话，就明白曾凡国教练为什么会发现他们偷溜出去吃夜宵了。而别的二线队员都不可能去告密，只有和他一向不太对盘的李伯良会做这种事情。

　　于是，一点都不知道已经漏口风的闫教练看着自己的徒弟乖巧地点头，心满意足地去巡场了。而齐宥白，下一秒就来找"让小球迷见识了自己不光辉形象"的罪魁祸首算账了，虽然他坚持说是在教李伯良做个受队友欢迎的人。

Chapter 4
/ 我的梦想是有一个老姑父 /

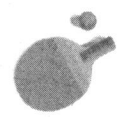

当天晚上,在训练场见识了一场火药味很浓重的训练的袁周率小弟弟,趁着室友还在外头训练,啃着糖醋排骨跟周幼清分享今天的所见所闻:"小白哥就这么一脸云淡风轻地把李哥逼疯了。"

"啧,听起来像是个刺儿头啊。"

袁周率吧唧嘴,咽下嘴里的东西开始维护自己的偶像:"我小白哥是有脾气,但是不乱发脾气。你看其他人跟他关系都不错。"

周幼清想了一下,才点了点头,又意识到袁周率看不见,忙出声说道:"嗯。"

她看了一眼手表,时间已经是晚上十点半。

"派派,大晚上的你注意点,好不容易瘦下来,别进国家队又开始胖了。"

袁周率十四岁进省队,但是一年多之后他就选择退队回家。因为他觉得训练太辛苦了。

小时候不懂什么人生目标，追求梦想，只凭着单纯的喜欢就选择去省队打乒乓球。可后来发现，打乒乓球真的是件很辛苦的事情。每天除了打球还是打球，吃什么做什么甚至一天睡几个小时都要被人管束。

袁周率觉得不开心，偏偏家里两个大人都是溺爱型的，他说不想待省队了，他们就把他带回来。回来之后听到袁周率说自己在省队什么都不能吃，两位家长又潇洒地带着儿子吃吃吃喝喝喝，最后他终于吃成了一个大胖子。

那时候，周幼清在隔壁市的重点高中寄宿，每周回去都能发现袁周率正在以肉眼可见的速度长胖，最后，她的萌弟弟变成了一坨肥肉。

"嗨，袁弟弟。"门口突然探出一个头。

袁周率扭头一看，是住在楼上宿舍的伍晏安。他点点头，迷糊地问："伍师兄，有事？"

伍晏安有点扭捏，到了嘴边的话怎么也说不出口，但是眼睛里的神采越来越亮，盯着袁周率手上的排骨移不开视线。最后，他还是克制不住心中的欲望，一步一步走进来："我、我饿了，能吃一点你的排骨吗？"

袁周率先是小声地跟周幼清说了一句，接着挂断电话，然后才把桌上的饭盒推出去一些："行啊，我这里还有鸡翅，都是我姐做的，你吃。"

初来乍到，一定要用吃的打开交际圈。这是周幼清教他的《国家队生活指南》第一条。

袁周率现在不清楚，以后他靠周幼清做的东西，真的与全队上下成为朋友。

周三下午，多云，难得有风。

因为今天是工作日，加上这个奢侈品商场刚开业没多久，所以，这个下午商场里一如往常的安静，但是三楼精品女装层的一个门店里，传来一道洪亮的声音迅速打破这个平静的气氛。附近几个店面的营业员都好奇地出来站在店门口，努力张望。

周幼清手里拿着一个姑父刚买给她的包，想往外走，然而身前放着几个袋子的袁怀瑾坐在店铺的沙发上根本没有起身的意思。

环顾了一圈周围看好戏，还顺带交头接耳的人，周幼清对身后的袁怀瑾无可奈何："走啦走啦，姑父，我们去楼上吃晚饭。"

"不，你再多买一点东西。"

"我都已经拿了一个包了。"

大学自己赚稿费之后，周幼清就觉得她的零花钱不需要姑父姑姑提供了，偶尔回家还会拿平时攒下的钱给他们买小礼物。不过袁怀瑾和周薇还是不管不顾地往她卡上打钱。

这次买东西，本来她想付钱的，可袁怀瑾哪肯让一个小辈付钱，当场说，不管她付多少钱，他还是会往她卡上转。

袁怀瑾在帝都待了两天，在收到袁周率在训练基地一切都好的回复之后，就决定要回家陪他老婆去。于是在临走的前一天，他按照"每次出差都要给自己家的女人们"带礼物的惯例，让周幼清陪着一起来到附近的商场里买东西。

在周幼清看来,姑父袁怀瑾和姑姑周薇是一对天造地设的完美夫妻。她姑姑最会做的事情是败家和宠孩子,姑父最喜欢赚钱给老婆败家和宠孩子。

袁怀瑾和周薇结婚的时候,对她说要让她过上精致舒服的生活。他对衣服的质地和搭配并没有多大研究,"精致"这个词在他暴发户般的粗浅理解里,就是给妻子买东西一律都要是名牌。质感有保证,穿出去有面子。

于是,周幼清和姑父一进商场就直奔三楼女装,她帮着挑了送姑姑的两身衣服和一个皮包之外,又在姑父的坚持之下,拿了一个包给自己。

"一个包怎么够?从你来帝都上大学开始,我和你姑姑都多久没给你买东西了?"袁怀瑾指着店里人形模特身上的衣服,对她说,"再去拿几套衣服。小姑娘家家,衣柜里就得多几身衣服。"

这个包都抵好几身衣服的价格了,怎么还不够?

身边的营业员听得目瞪口呆,原来并不是老板和他包养的小情人。

袁怀瑾头发浓密,还时髦地染了一个深棕色,忽略眼角的皱纹,根本看不出已经四十多岁了。因为经常跟着周薇出去跳舞,所以除了稍微有点小肚子之外,身材笔挺,俨然是个帅大叔。

营业员马上收拾好心情,上前拉业务说:"是啊,小姐,这些都是我们刚上的夏装新款,风格您都适合。"

周幼清刚准备摆手拒绝,就被袁怀瑾接下来的一句话震在原地:

"清清，你就不能帮你老姑父多花点钱？"

我的梦想是有一个老姑父——在场所有人的内心闪过一句话。

袁怀瑾并没有注意到身边人的目光，他继续情真意切地劝自家侄女："你别怕你老姑父花钱，我赚钱还不是给你们花的呀。"

老姑父，你家还缺侄女吗？能买包能花钱的那种？——围观群众内心活动依旧丰富。

周幼清被四面八方投来的羡慕目光刺得浑身不自在，立刻去拿了一条连衣裙，在身上比画了一下，身后的袁怀瑾满意得直点头，起身去刷卡结账。

两个人终于从店里出来。

周幼清以前喜欢的一个歌手曾说过这么一句话：爱情是荧光色的，因为爱人在人群中是荧光色的，一眼就被看到。

她当时并没有理解这句话，然而现在，周幼清不得不赞叹那位歌手——荧光色真的显眼到万众瞩目的地步。

从店铺里拎着购物袋出来的周幼清准备领着袁怀瑾上5楼吃晚餐，她目光环顾四周，一双熟悉的亮瞎眼的荧光色绿鞋子映入眼帘。

视线上移，白色运动长裤，红色运动上衣，再加上栗色头发，虽然只是个背影，不过她还是认出他来了——

齐宥白。

他身边的女生离他有一个拳头的距离，不停地回头看他几眼，而齐宥白像是没察觉一样，完全没有理会她的意思。

是和女朋友出来约会？但……也太冷漠了吧？

"清清,晚上你想吃什么?"袁怀瑾的一句话,把她的思维拉回来,也引来了前面人的注意。

周幼清打量的目光还没收回来,就被转身的齐宥白抓个正着。他直愣愣地盯着她,双手插兜,依旧冷漠脸。

怎么说也是袁周率的师兄,这么想着,周幼清朝他点了下头,当作打招呼。没想到的是,齐宥白扔下他身旁的女生,朝他们走过来。

"你好,袁叔叔。"齐宥白来到两人跟前,向袁怀瑾打了个招呼之后,跟周幼清说,"好巧。"

国家队的朋友,真是讲礼貌啊。等等,他怎么认识姑父的?周幼清突然想到。

这时,被齐宥白扔下的姑娘也走了过来。

自从儿子打职业赛之后,袁怀瑾就开始关注一切乒乓球的消息,自然也知道齐宥白。他一脸欣喜地回应:"你好你好,真高兴我们能见面,我和我儿子都是你球迷呢。这位是……"

"这是我朋友。"他站姿挺拓,只用简单的五个字来介绍身边的姑娘。

他暗地里扫了一眼周幼清,嘴唇的弧度微微上扬,看来小球迷对他的喜欢是家族传统。当下决定回去对袁周率再多关照几分。

袁怀瑾准备帮刚去国家队的袁周率在他前辈面前刷刷好感,于是态度热情地说:"哎呀,这真是缘分。我看过你的每一场比赛。你又回归国家队了,我们这些球迷都非常激动。"他看了眼齐宥白身边并不知道名字的姑娘，继续开口，"你们还没吃饭吧？我们也要去吃晚餐，正好一起？"

"姑父，人还带着朋友，说不定有别的安排。我们下次再约吧。"

自家姑父就算是球迷也不能这么没眼色。他们两人，齐宥白的直男审美也就不说了，女方连衣裙高跟鞋，妆容精致，一看就是出来约会的。他居然开口邀请四人共进晚餐？周幼清连忙准备开口制止老姑父的提议。

但是，却听到齐宥白说："没关系啊，我朋友正好有事回去。"

怎、怎么个情况？她有点看不懂眼前的状况。

身边的精致美女委屈地看着齐宥白："宥白……"

周幼清生怕齐宥白答应晚餐邀请，是顾及自家姑父的面子，耽误了他和女朋友的约会，又准备说话，然而还是晚了一步。

齐宥白好像什么都没听到，一副善解人意的样子："正好你有事，我也碰到熟人，那你先回吧，外面天还亮，我就不送你了。"

最后，精致女人终于有点生气地走了。

齐宥白看了一眼女人离开的背影，心里松了一口气。

他妈妈拿"儿子这次不去相亲我就离家出走"威胁着他爸，他爸又用"你妈要是离家出走了，我就把你的信息挂遍相亲网站，连我们家附近的那个集体相亲会都挂上"警告齐宥白。

他曾经在小区旁边晨跑的时候，看到过那个集体相亲会，一群老大爷老太太把自己家孩子的照片信息拿夹子挂在一根绳上，远远看去像是要被城管清除的那种招商小广告。

所以，他才抽空从训练场出来跟人见一面。

姑娘条件好，可齐宥白还是没多大兴趣。半个小时之前的咖啡馆，他只有"嗯""对""是的"这样子回答，也不知道人家看上他什么了，居然并没有被他的冷淡吓退，还提出一起去吃饭。

从一楼坐扶梯到三楼的时候，齐宥白也听到了从店铺里传出来的袁怀瑾的那句话，身边的女人还对他感慨"这位姑父真大方"。

后来再次听到这声音，回头一看，才在脑子里理清楚这对姑父和侄女的身份，这才有理由让相亲对象回去。

他有脾气，但是不乱发脾气。

周幼清想起前几天晚上袁周率说的话。

可是眼下，三个人坐在周幼清早就查看好的餐厅，身边的姑父正和齐宥白聊得热火朝天。从刚才看到齐宥白的一脸冷清到现在的笑容随和，周幼清觉得，这人的情绪她有些摸不着头脑。

"你和我们家清清是怎么认识的？"袁怀瑾看到坐在一旁的宝贝侄女自打坐下来之后，就埋头吃菜，一句话都没说，于是把话题往她身上引。

"我之前给她签过名，后来清清带着袁周率去教练那里报到的时候，我也刚好在。"

袁怀瑾怀疑地看向周幼清，他怎么不知道他从来不关心乒乓球的侄女会找齐宥白签名？

但周幼清没有接收到姑父的疑问，她从听到齐宥白话的那一刻，顾不得嘴里刚塞进的红烧肉，猛然抬头看向斜对面这位表情放松，眉眼含笑，好看得吸引来往服务员视线的人，仿佛听到耳边有无数声低沉的"清清"在环绕。

她清清嗓子，放下筷子伸出手，笑容得体地说："真是不好意思，现在才想起来，一直没正式介绍过我自己。我叫周幼清。"

齐宥白听出她的重音放在最后，知道这是在抗议他刚才顺着她姑父的称呼喊她"清清"，于是握住她手的同时，说："那我也重新介绍一遍，我是齐宥白。"

笑意清浅，神色坦荡，对比之下，周幼清觉得自己刚才的计较有点小家子气。她皱皱鼻头，假装若无其事地继续夹菜吃饭，只是低头拒绝对面飘来的目光。

好在，齐宥白又继续和袁怀瑾扯家常、聊比赛。

周幼清再也听不清身边的人在聊些什么，她侧头，看到镜子里自己含着一口肉，嘴唇油腻的蠢样，吓得连忙嚼了几口咽下去，然后才敢偷偷瞄向玻璃里齐宥白的身影，脸上做着连她自己都没察觉的鬼脸。

谁允许你喊"清清"的？

我们也就只见了两面，不，现在是第三面的关系！有必要喊得这么亲密肉麻吗？"幼清"是底线，不能更多了。

齐宥白在谈话的间隙瞥到周幼清冲着玻璃所做的片刻就消失的鬼脸，嘴角的笑容加深，被父母押着出来相亲的烦躁消失不见。

小球迷的表情真可爱。

这顿晚饭在袁怀瑾和齐宥白的一问一答，以及周幼清努力赶走脑海里的"清清"中过去。袁怀瑾很满意，他和齐宥白聊得愉快，而且齐宥白还说回去看着点袁周率。齐宥白心情也不错，也不怕麻烦地揽了一条袁家小尾巴。而周幼清，在最后齐宥白的"再见袁叔叔，再见清清"的告别话语中，再次露出见到鬼的表情。

"所以呢，多好的单身未婚男青年放在你面前。"

回到家，洗完澡，周幼清就接到了姑姑的电话。周薇一开头就提齐宥白，周幼清条件反射地看了眼客卧的方向，她姑父真的是什么话都会跟她姑姑交代。这样子的好丈夫，让周幼清都替她姑姑感动到泪眼蒙眬。

"姑姑，我们真的没什么，到今天下午我们才只见了三次面。就三次碰面而已！"

"三次见面，人家就喊你'清清'了？"

像是配合着姑姑说的话，周幼清的脑海里还在浮现齐宥白的身影。餐厅的橘黄灯光里，他眼里眉间的温柔笑意，轻而易举地让周幼清回想起那句"清清"的称呼，她又是一个恍惚。然而，在回忆起他的冷漠脸之后，周幼清立刻收回所有的遐思。

"那是因为姑父这么喊我，他可能就跟着这么叫了呀。"她努力解释说。

"我不管啊，周幼清，这对象问题上你得抓紧。像你整天宅家里，再好的桃花都得折，你还别不着急。"

周幼清是插画师，以前在公司上班，后来感觉自己不适应朝九晚五的生活，就辞职窝家里接稿画画，工作时间弹性大，赶稿子几天不出门也是有的。

"哦,我自己会看着办。你在家里和姑父别瞎操心。"

周薇撇撇嘴,还是不忍心逼着自己侄女,才缓和了语气:"好吧好吧,你人不在我身边,我着急有什么用?"

闻言,周幼清不得不庆幸自己当初选择留在帝都的决定。

她以为,和几面之缘的齐宥白之间,仅仅是萍水相逢的瓜葛,但命运之线兜兜转转,还是让他们有了更加深的牵扯。

Chapter 5
/ 一个用厨艺征服全乒乓球队的女人 /

会议室。

所有一线队员和他们的主管教练一起聚在这间办公室。

主教练曾凡国,照着他笔记本上的记录,正在总结每一位运动员在这段训练期以来的进步和缺点。队员们面上听得很认真,也都在本子上做着笔记。但以他多年来的执教经验一眼就看出,底下的年轻人都有些躁动。

他停下来,环视了一圈,立马发现一个可以抓出来的典型。

"伍晏安,桌子底下有什么呢?"

被点名的伍晏安身板一震,迅速归置好自己原本不停瞄向桌子底下的脑袋,小心翼翼地收起手机,摇了摇头,安分地看着桌子上的本子,像是一个认真听课的小学生。

训练总结其实也说得差不多了,曾凡国合上笔记本,又仔细地看了一眼所有队员脸上的表情,慢慢说道:"我怎么听说,最近大家特别爱串门？教练们去找你们经常扑空，现在都得先问问袁周率在不在他宿舍，才能知道去哪儿找你们呢。"

"特别爱串门"这五个字，说得有点刀光剑影，连一向不把教练的唠叨当回事的齐宥白都稍稍挺直了背。

"哈哈，哈哈，那不是我们乒乓队一向的传统嘛，队员之间和谐友爱，在乒乓球事业上相互促进，共同努力！"沈从辉傻大胆，接了教练的话。

其他人全都扭头回避，企图用这个姿势来表示"我们和他不同流合污"的态度。程琪还趁机对沈从辉翻了一个白眼。不过，近视的沈从辉没有接收到。

"那你们以前是不够和谐友爱，现在才开始这么勤快串门？"

伍晏安看到沈从辉单面扛住曾凡国的嘲讽，放心地从口袋里掏出振动的手机。点开微信，看到袁周率发来的照片，图片加载出来，伍晏安对着图片上色泽饱满的食物，露出幸福的痴汉笑。

一只手从他身后探出来，动作干脆利落地拿走手机。伍晏安的脑子随着手机的位置而变化，最后看到这只手的主人——曾凡国。

教练什么时候来到自己背后的？伍晏安看了一眼身边的队友们。

脸上露出"收起你这副见到鬼的表情"的主教练一字一句念出微信的消息："东西到了，现在还温着，伍哥，让霍队他们快来。"在念到最后"霍队他们"四个字的时候，他看了一圈。

凌厉的眼神让在场的所有人全都低下脑袋，气氛有点凝固。

"好吃吗？"来自头顶的发问声。

"嗯。"伍晏安回忆了一下在脑子里根深蒂固的味道，毫不犹豫地点头。

"你们这群没良心的小兔崽子，有点好的也不想着你们教练？"

所以，教练们只是在生气，没人拿去跟他们一起分享这件事。

帝都纬度靠北，所以夏天晚上的七点钟，天空依旧亮堂得像是白昼，还好太阳已经隐在云层之后，温度不像正午那么高。

还不知道有人因为自己的厨艺正在挨训的周幼清，坐在运动员公寓门口前的石椅上，身边还放着一个鼓鼓囊囊的大购物袋。

前段时间，袁周率随队去南边的城市进行封闭训练，每天都在微信里说吃得有多不习惯，于是宅家里画稿的周幼清，发扬姐姐爱，去买了真空包装机，隔三岔五给袁周率输送自己做的小零食。

后来据她家的傻弟弟说，他用一顿糖醋排骨认识的同龄好朋友伍晏安，也频繁地往他宿舍钻，企图在和新朋友增进友谊的同时，继续能吃点好吃的。

这种情况没持续两天，就被上门给袁周率送东西的齐宥白撞见了。

因为在袁怀瑾面前的保证，也因为知道了袁周率一家都是自己的球迷，齐宥白在训练中开始照顾袁周率。

他正纳闷怎么这两个小朋友这么熟悉了，袁周率这个对齐宥白无话不说的脑残粉，立刻把事情真相说出来。于是，瓜分姐姐食物小组又喜闻乐见地多了一个人。

在某天齐宥白带了一两块东坡肉回去给霍思礼尝鲜之后，食物小组又吸收了新血液。

从排骨、鸡翅、卤味到曲奇、面包、蛋挞……来蹭吃的队伍逐渐壮大。慢慢地，所有队员都知道了袁周率的姐姐——一个用厨艺征服全乒乓球队的女人。

于是，周幼清的国家队外援厨娘的生活正式开启。托这些吃食的福，袁周率的交际圈一下子打开，在食物和飙涨的体重中和大家建立了深厚的友谊。

这次是他们训练结束回到帝都的体育中心，周幼清身上带着姑姑吩咐的"来看看袁周率过得怎么样"的命令，顺便送一波红烧牛肉投喂运动员们。

所以才有了一个大购物袋的分量。

暮色四合，被主教练怼了很久的一伙人和训练结束的袁周率成功会合，大家带着迎接美食的好心情一起快步回宿舍楼。

果然，一道白色身影坐在门口的石椅上。大概是听到了这边的脚步声，周幼清回头朝他们的方向看过来，见到来人，她露出一个笑容，站起身，白色裙摆荡漾在夜风中，滑过的那道圆弧优雅迷人。

实力脑残粉伍晏安一看到来人，就按捺不住自己的情绪，率先跑到周幼清面前，速度快得沈从辉完全来不及阻止他。

"女神你好啊，我是伍晏安，我和派派的关系可好啦。"他甚至都叫着袁周率的小名了。

热情来得太突然，周幼清瞪着眼睛，一时之间不知道该如何应对这个自来熟。

还好其他人都已经来到周围，沈从辉用手臂勒住伍晏安的脖颈，不顾他的挣扎强行把人带下去。

袁周率站在周幼清身边开始介绍："姐，他们是我之前和你说过的队友——霍队、小白哥、琪哥、辉哥，还有这个是伍哥。"

然后呢？这样就结束了？所有人都在等袁周率注定没有的下文。

知道自己弟弟情商低到极致的周幼清，见怪不怪地主动和大家打招呼："你们好，我是袁周率的姐姐——周幼清。我弟弟经常和我打电话聊起大家，所以他觉得我们很熟。"

国家队的队员们这才开始接梗和周幼清互相认识。

自认为和周幼清最熟悉的齐宥白主动担负起男队交流大使的责任："其实他们也都知道你。吃了你做的那么多东西，他们一直想和你认识一下的。哦，对，我们这儿还有一个你的脑残粉。"

他们？

听语气，小白怎么和派派他姐这么熟悉呢？一向八卦会来事儿的程琪暗自和其他人交换眼神。

其他人的互动并没有引起齐宥白的注意，他言笑晏晏，眼神充满戏谑，让周幼清眼神游离，装作没有听到最后那句话。

挣脱了束缚的伍晏安借着帮忙拎袋子的活儿，将环保袋据为己有，按捺不住自己的食欲："女神姐姐，袋子里的东西，是分给我们的对吗？"

于是，周幼清在齐宥白挑高的眉眼中，镇定地认领了"女神"这个称号。

把袋子拎到袁周率的宿舍后，几个人迅速地瓜分了购物袋里面的牛肉，每人分到两包，剩下的一些是给其他队员的。

程琪拿着自己的那两包塑封好的红烧牛肉，心痛地把它们捂在自己的胸口："今晚，我就要失去一半的红烧牛肉了，心痛。"

"程琪哥是怎么了？"袁周率小弟弟一脸纳闷。

"主教练因为我们不分给他肉吃，教育了大家半个小时，最后硬性规定每个负责我们的教练都得分到一半。"伍晏安哭丧着脸，似乎下一秒就能掉下眼泪。

齐宥白并没有理会身后那群沉浸在悲伤中的人，他轻松地拆了一个包装袋，客气地把它先递给周幼清，等她摆摆手拒绝，才又拿回来自己吃："每次都麻烦你加我们的份，谢谢你了。"

颜值高的人，怎么样都是赏心悦目的。齐宥白吃东西速度很快，大口大口的，但是动作好看自然，并没有让人讨厌的地方。三两下就吃完，他又拆了第二包，顺便给自己的小球迷手动点赞。

周幼清环视一圈大家的表情，生动直观地了解了自己的厨艺是有多受欢迎，心情莫名地有点愉快："做多做少也没差。只要你们加餐不发胖就好。"

反正她是知道的，袁周率这个月又胖了两斤。

"那像我这种吃不胖的，你是不是可以无限量供给？"

分散在宿舍各个角落的人，觉得齐宥白这句话关乎每个人的利益，虽然心里鄙视齐宥白的不要脸，但也都竖起耳朵专心地听答案。

周幼清想到那次在办公室听到的那句"我长脑"，又忍不住笑出声，点头说："行啊，我有空就做。"

一时之间，房间里的气氛回升，每个人脸上都是开心的表情。伍晏安本来想赞美一下自己的女神，不过看到齐宥白潇洒地把包装袋扔进垃圾篓里，明显他的两包都吃完了，心里十分震惊。

"小白哥，你怎么就吃完了？"虽然不是自己的那份，但伍晏安还是不由自主地心疼。

"东西都送到了，那我就先回去了。"周幼清刚好这时候也说自己要回家。

两个人同时出声，伍晏安的问题自然被忽略。

"真是太麻烦你了。"
"下次有空过来玩啊。你看不看球赛，以后我们留票给你。"
"路上小心，我们送送你吧。"

这群乒乓国手的态度小心讨好，抱着"有奶就是娘"的信念无时无刻不想表现一下自己对周幼清的友善。

"我送你吧，正好我也要回去了。"齐宥白双手插兜，径直走到门口打开门。看了眼还坐在自己床边的弟弟，周幼清也从善如流地接受了这个提议。

等周幼清先出门，齐宥白才扭头对同属一个主管教练的程琪说："琪哥，我吃完了。所以咱闫教练的那半份，就由你出了。"说完，不顾房间里呆滞的气氛，甩门出去，把"齐宥白，你还是人吗？"这句撕心裂肺的控诉完美地屏蔽在门内。

齐宥白回过身，对上周幼清歪着头打量他，嘴角的梨涡若隐若现，走廊的灯光在她的发顶添了一层柔光。看上去发丝柔软顺滑，齐宥白突然有种想摸一下试试手感的想法。

"所以你刚才才吃得那么快？"

他没有正面回答，只是说："我们教练啊有高血脂，吃琪哥那份的就足够了。"说完还得意地笑了一下。

他的笑容太灿烂，被大白牙晃眼的周幼清，了然地点了点头。

坑队友坑得手到擒来，让人防不胜防。

屋内，伍晏安佩服地把投向门口的目光收回，偷瞄一眼沈从辉，再看向自己手中的这包肉。他本来想效仿齐宥白的做法，只是刚开始动心，就被沈从辉逮住警告："伍晏安，你要敢这么做的话，下次就得全部上缴给教练了。"

那天晚上，所有球迷都看到了乒乓球版的"放学之后你别走"，因为程琪在微博上@齐宥白说："明天训练结束后，你别走，我们来决斗！"

在过去的日子里，程琪和齐宥白在赛场上不是没有对上过，两人的比赛结果，程琪输多赢少。他们的主管教练闫教练曾经点评过，齐宥白的基础扎实，正反手都没有漏洞，特别是反手攻势凛冽，球风天生克程琪。程琪也在采访中说过，最不想和齐宥白"约架"。所以大家都在好奇，两个同门师兄弟之间，是发生了什么事情，能把程琪逼到这个地步。

直到霍思礼转发微博说："一包红烧牛肉的仇，不能不报。"一句话让大家差不多明白过来是怎么回事。

所有人的反应是——没毛病，这确实是我们喜欢的国家乒乓球男队所表现出来的吃货属性。接着，程琪微博下面有了别开生面的赌局。

"我赌一块红烧猪肘，明天这局，齐宥白轻松胜。"

"压我一包辣条，齐宥白双手插兜都能赢。"

"我用我的一包鸭脖，给我琪哥一点关爱。"

而明白事情经过的周幼清，又默默地用Q版图的形式，复述了这场约架的来龙去脉。

半个月后的下午四点。

阳光带着灼热的温度透过玻璃窗，洒在深棕色地板上。客厅的角落，立式空调安静地往房间里输出冷气，食物淡淡的香味从一旁的餐桌上缓缓飘散出来。厨房的玻璃门被推开再关上，周幼清端着最后一盘菜，终于满头大汗地从厨房里面出来。

呼，大夏天，把自己关在一个高温闷热且充满油烟的厨房里做了十道菜，她这个生日过得实在心酸。

拿起桌子上的手机看了一眼时间，周幼清来不及多可怜自己一分钟，就跑去浴室里快速地洗去一身油烟味，顺便还化了一个妆，毕竟等下袁周率会带着国家队的队友们过来做客。

今天早上，还睡在床上的周幼清就接到来自袁周率的生日祝福电话。不过，没说几句话，电话那头就开始出现了其他国家队队员的声音。

"啊？什么？派派，今天是我女神的生日啊？"一听就知道是伍晏安，他似乎凑近了电话，"女神姐姐生日快乐。"

还没从睡梦里面清醒的周幼清有礼貌地给自己的真爱粉回应：

"谢谢。"

"真的吗？幼清生日啊，这真是个值得庆祝的日子！"

电话那头又一个激动的声音响起，虽然周幼清不太明白，自己生日为什么能让这个人这么兴奋，但还是礼貌地致谢。

"你姐在家过生日吗？平时我们这拨人那么麻烦她，今天正好去给她庆祝生日。"

周幼清一个激灵，前所未有的神清目明，赶紧对着电话说："不用客气的，我……"

"嗯，就这么愉快地决定了！我们去叫上小白哥他们，等下去买礼物，然后去你姐姐家一起给她过生日！"

Hello？有谁还记得电话这头有一个当事人，想发表她的意见？

虽然她为自己在国家队这么受欢迎感到开心，但是，想想他们的身份，想想他们的食量，再想想刚才他们话里的开心劲儿，最后想想现在的天气，知道"运动员不能随便吃外食"的周幼清似乎已经看到自己在厨房里面汗流浃背的做饭场面了。

后来，袁周率通知周幼清说，今天会带着四个队友一起过来。周幼清只能接受这个木已成舟的事实，麻溜地开始准备这顿生日宴。

阳光穿过一层又一层的香樟叶，在地上落下一个个斑驳小点，袁周率站在操场的栅栏外面，立在树荫之下，等着伍晏安他们的出现。

知了声在头顶的这片绿荫中此起彼伏，他一手握着手机，一手遮挡着手机屏幕，努力地看着手机里的消息。

"派派，我准备出门去取蛋糕了！"

消息来自唐越，他正兴奋地跟袁周率分享自己正在去蛋糕房取生日蛋糕的进程。他这段时间在 A 大跟着一位教授一起做项目，好不容易今天请了假出来。大概是目睹了这么多年唐越对自家姐姐穷追不舍的过程，他能从字里行间，感受到唐越的好心情。

"这是哪位啊？"故作油腻的男声在袁周率的耳畔响起，也不需要有人回答就自顾自地接着说，"这不是拍得一手好马屁的袁周率运动员吗？"来人把话音重点落在"运动员"三个字上。

袁周率皱紧眉头，要说在国家队他最不喜欢的人就是李伯良。因为他经常和齐宥白别苗头，身为齐宥白粉丝的袁周率，第一时间在心底把李伯良拖进黑名单。偏偏李伯良最近像是吃错了药，经常对他冷嘲热讽。

"你什么意思？"

"我什么意思你听不出来？"李伯良摇摇头，一脸嫌弃地说，"能在国家队站稳脚跟，你应该好好谢谢你的姐姐。"

袁周率耸了下肩，一脸诚恳："哦，多谢指点。我今天就回去再感谢下我姐。"

"好好的一个运动员，偏偏用旁门左道来讨好别人……"

"李伯良。"声音不紧不慢，依旧是那副淡定的语气，离他们几步开外的齐宥白走过来，进到阴凉处，才停下来继续说，"他姐姐做的东西很好吃。"

没头没脑的一句话，让李伯良和袁周率都有点摸不着头脑。

"你欺负人弟弟，就别想吃到他姐姐做的东西了。"似乎想到那种情况就心痛，齐宥白停了几秒，又惋惜地加了一句，"好可惜。"

老子缺那点吃的？庸俗！肤浅！就你这个整天想着吃的草包还是世界冠军？

李伯良准备离开，远离这两个让他厌恶的人，却被齐宥白拦下来。齐宥白面上再也没有那种吊儿郎当的表情，他和李伯良的视线持平，神色严肃且认真，似乎想让对面的人感受到此时自己话里的真实性。他说："袁周率受人喜欢是因为他很讨人喜欢，你被我讨厌是你真的很讨厌。"

"齐宥白，你个……"

"我最近体测，手臂肌肉又加强了。"他的眼神突然凛冽，让李伯良原本想骂出口的话一下子堵在嗓子眼，"你是不是，已经忘了我打人有多疼了？"

所以说，为什么李伯良要这么想不通地总是和小白哥过不去呢？被忽略在一旁的袁周率，在目睹李伯良怏怏离开后，很认真地开始思考起这个问题。

Chapter 6
/ 生日快乐，小球迷 /

国家队一行人到的时候，周幼清正在擦客厅的地板。一听到门铃声，她立刻把拖把藏在厕所，对着镜子确认自己的仪表整齐之后，才跑去开门。

五个人把门口挤得满满当当，周幼清一开门，就看到袁周率和齐宥白，然后才是被他们俩挡在身后的其他人。

"Hi，女神，我们又见面了。"伍晏安从两人中间钻出头来，他似乎闻到饭菜香味从屋子里飘出来。

已经明白男乒队吃货本质的周幼清敞开门，把人迎进来："都先请进屋吧，正好一会儿就可以开饭了。"

袁周率没有任何顾忌地径直往房子里走，跟在后面的队友也一边和周幼清打招呼，一边鱼贯而入。齐宥白代表着国家队最后的矜持和礼貌，站在门口，等大家都进去了，才把手上的袋子交给他的小粉丝，说："幼清，生日快乐。"

周幼清不知道其他人会不会这么在意别人对自己的称呼,可她觉得,如果齐宥白这次的"幼清"被她姑姑听到,一定不会像上次那么简单地放过她。

明明是广东人,但因为从小就来帝都训练,齐宥白的北京话说得字正腔圆,连儿化音都特别地道。加上他低沉的嗓音,周幼清第一次发现,她这个听起来不甚柔软的名字,能够被人叫得这么温柔缠绵。

把心底莫名其妙的情愫暂且撇到脑后,她往后靠了靠,示意齐宥白进屋:"谢谢,请进吧。"

周幼清现在住的房子,是她来帝都上大学那年,拿父母留下的遗产买下来的。考虑到袁周率以后也要来帝都,于是买的三室两厅、一百五十平方米的房子。

平时看上去空荡的客厅,因为多了袁周率在内的五个人,一下子变得拥挤起来。上次在主教练办公室里见到的人,除了霍思礼之外,这次都来了。

在袁周率的带领下,国家队的人没有丝毫放不开,已经坐在沙发上你来我往地抢起了遥控器。齐宥白深感队友的拿不出手,无奈地对周幼清说:"他们四肢发达,这里有点不正常。"

说话间,他指了指脑袋,然后耸肩摊手,一副无药可救的表情。

早就见识过他一手熟练的卖队友技能,周幼清只当这是国家队另类的队友爱。

"其实挺好的啊,我家平时没什么人来,有点太冷清了。现在热热闹闹的，很符合过生日的气氛。"这句话是出自真心的。虽然不愿意大热天做饭，但比起大家一起陪着她过生日这点来说，她还是挺乐意的。

没聊几句话，门铃再次响起，正从厕所出来的袁周率顺手去开了门。

"为什么是你开门？"看到袁周率，唐越把准备说出口的生日祝福重新吞回去，嫌弃地看了一眼自己的哥们儿，拎着蛋糕就侧身进屋，留下袁周率在原地一个人伤心欲绝。

"幼……"看到这么多人在，也一眼就注意到情敌也在场的唐越心里响起晴天霹雳。

袁周率还是不是自己好兄弟了？怎么能随随便便带人回家的？！这里的"人"特指齐宥白。

唐越神情不变，脸上的笑容依旧灿烂，努力地把自己的语气变得像是主人一样："这么多人在啊，欢迎你们来给幼幼过生日。"

沈从辉和程琪听出了点意思，好笑地看了一眼眼皮都没有抬高一点的齐宥白。

"说了叫姐姐的呢，装什么大人。"周幼清随手拍了一下唐越的肩膀，扭头给大家介绍，"这是唐越，从小我看着长大的弟弟。"

弟弟什么弟弟，我都不叫你姐了。唐越嘟嘴，只敢在心里抗议，再次怪自己出生得太晚。

袁周率并不知道唐越现在的心理状态，过来随意地把手搭在他身上，告诉他："这都是我队友，你应该知道的，我之前和你聊天的时候都说过。"然后一个一个地又给唐越介绍过去。

人都到齐了，总算可以开饭了。

桌子是长方形的，平时六个位置，今天袁周率拿着凳子加在了坐在上手位的周幼清的旁边。

"这么多菜，女神，今天真是辛苦你了。"大家都没客气，一坐下来就狼吞虎咽，伍晏安在自己的碗里装满菜，努力地抱着周幼清的大腿。

被人一直叫女神还是有点害羞，但伍晏安的眼神清澈，一看就知道是发自内心的赞美。周幼清荡起一个笑容："你比我小，和派派一样叫我幼幼姐就好。多吃点，别客气啊。"

伍晏安使劲地点头，主人都这么说了，自己一定不客气。

接下来，只听见伍晏安一连串不要钱的夸奖。

"幼幼姐，我第一次吃到这么好吃的鱼呢。

"幼幼姐，你做的肉好香啊，每次我都吃不够。

"幼幼姐，我最喜欢吃土豆啦，这道土豆炖排骨太香了……"

周幼清差点都以为自己是新东方毕业的高才生了。

"我们幼幼的厨艺当然好了！"唐越与有荣焉地接下伍晏安的夸奖。别人说周幼清好，他当然开心，但这小子一个劲儿地追捧实在让他不得不提高警惕。想到这里，唐越再次注意起自己头号情敌的动态，"不是还有一个人吗？人呢？"

他刚刚只是因为替周幼清剥虾壳，离开去洗了一下手，回来就看到齐宥白不在了。

齐宥白呢？

"咦，对啊，小白呢？"程琪看了眼旁边的空座，象征性地问了句，就继续吃菜。反正这么大人也丢不了，还是眼前的菜更重要。

齐宥白是坐在下手位，周幼清的对面。但是因为"幼清"的事情，她一直避开看齐宥白的位置。

唯一知道真相的袁周率指了指厨房的位置："在厨房呢。"

"去厨房干吗？"

"小白哥要给姐姐做碗长寿面。"

"真有心机！"在场的人除了周幼清、袁周率以及伍晏安之外，剩下三人的内心同时出现这句话。被程琪和沈从辉怜悯地盯着的唐越，愣在原地。

上一秒，他还在为自己坐在周幼清旁边，给她剥虾为荣；下一秒，就发现自己并没有领先齐宥白多少，反而有隐隐被他打败的迹象。

琉璃台上的这碗长寿面其实很简单。因为放了周幼清煲了一下午的骨头汤底，所以汤浓奶白。面汤上还铺着一个煎成金黄色的荷包蛋，齐宥白夹着几根刚从水里焯上来的青菜，不停地变换着方位，最后总算把它们成功地放在他觉得合适的位置。整碗面的颜色搭配得恰到好处，清清爽爽，看上去很有食欲。

做完这一切，齐宥白心里的成就感满满的，都快赶上自己第一次拿世界冠军了。

自从知道今天要给周幼清过生日，他就在想得送她什么礼物，才能够彰显他对小球迷的关爱。想了一圈，最后他拉着霍思礼一起去食堂向掌勺的大厨师傅请教长寿面的做法。

耗了一中午的时间，在大厨师傅心痛的眼神下，也不知道浪费了多少食材，他终于掌握了做一碗"有荷包蛋的长寿面"的技巧。

霍思礼问："小白，你怎么对你这个小球迷这么上心呢？"

他那时候连抬头的时间都没有，笨拙地拿着筷子，把配菜都错落有致地摆上去。等全部弄好之后，他才有时间回答："她是我复出后的第一个球迷啊！"

"扯犊子。"霍思礼对这个回答不满意，"那你怎么不对你出道时的第一个球迷这么上心？"

"关键是我不知道谁是我第一个球迷啊？你帮我找到她，说不定我能对她更好。"

"滚。"

他在碗里撒了一些葱花，满意地拿出手机拍了一张照片，随手发到微博上，配着"小球迷，生日快乐"这句话，然后才把这碗面端出去。

厨房推拉门一开，就吸引了所有人的视线。

齐宥白对众人眼神里包含的各种情绪无动于衷，平静地把碗放在周幼清面前："生日得吃长寿面，你要平平安安，健康长寿。"

没有太多华丽辞藻，可他的声音低沉悦耳，眼神真挚热烈，周幼清仰视着笔直站在身边的齐宥白，天花板的灯光自他的头顶上方倾泻而下，在他的周遭镀了一层光圈，仿佛像在接受一场神圣的洗礼祝福，明明现在应该道谢，可是她满脑子都在想：眼前的这个人啊，真好看！

"我还是第一次看到我们小白下厨呢。"程琪似笑非笑地看着齐宥白,像是在调笑他重色轻友。

伍晏安没想那么多,只是让周幼清赶紧尝尝这碗面的味道:"幼幼姐,你试一下。"

虽然这碗面看着不错,但他怎么就这么不相信小白哥能做出什么好吃的面条来呢。

被队友们拆台的齐宥白斜眼瞥了一眼他们,看到所有人都消停了才转头对周幼清示意了下:"嗯,你试试味道,我第一次做。"

他语气随意,只是说了个事实,但这句话让一旁的唐越又炸毛。

第一次做也敢拿出手?为什么要这么强调"第一次"?他紧紧盯着周幼清的反应,巴不得她说一句"难吃"。

但是,面条不软不硬,嚼劲正好,汤浓且不腻,连荷包蛋都是她喜欢的溏心。周幼清诚实地竖起大拇指,为齐宥白点赞:"如果用一句话夸奖的话,就是,厨艺和球技成正比。"

齐宥白坐回位置上,嘴角上扬,眉眼含笑,心情很好地吃起眼前的菜肴。

于是,生日晚餐在唐越从头到尾不满意齐宥白的存在中圆满结束。

晚餐的气氛很好,男乒队员们放开了之后,压不住说单口相声的好口才,随便说几句话就能让周幼清笑得停不下来,所以大家在收拾完碗筷之后,又决定带着蛋糕去 KTV 续摊。

沈从辉一进包厢,就利索地点了一首《生日快乐歌》,等唐越在蛋糕上插好蜡烛点好火,袁周率立即关掉了包厢里的灯光。

"姐姐,来许愿吧。"

房间并不是完全隔音,但此时黑暗下来的气氛似乎把这个房间从现实世界脱离出来。

齐宥白看向眼前闭眼认真许愿的周幼清,烛火照耀在她脸上,微弱的光芒让她看上去恬静美好。他一贯不相信许愿这种事情,但此时却希望上帝能把所有善意都施与他的小球迷身上。

周幼清,愿你许下的所有心愿,都能实现。

忽明忽暗的烛光在他深不见底的眸中跳动。他不知道,自己此刻的眼神,如同暴风雨来临的前夕,无数汹涌的爱意都被隐藏在蠢蠢欲动的平淡之下。

周幼清的愿望,这些年来一直没变——"愿我所爱之人无痛无灾,心想事成。"

能概括的全都可以概括进来。虽然是一句话的事情,但是这个心愿要多贪心有多贪心。所以每一年生日,她都得重复几遍,以证明自己的诚心。

在心底念叨完十遍,她才睁开眼,一口气吹灭蜡烛。站在开关旁边的袁周率眼疾手快,立刻又把灯光打开。

然而,周幼清的眼前一暗,一只温热的手掌轻轻覆在她的眼睛上。她似乎听到了唐越震惊的声音,下意识地眨了几下眼,几息之间,反应过来是谁的手,大脑"轰"地变得空白,全身血液似乎开始逆流而上。

心脏跳得又快又重,一声一声敲打在她的耳膜上。

"干吗干吗？"周幼清把头慢慢往后仰，希望自己滚烫的脸没有贴在齐宥白的手掌上。后脑勺被人轻轻托住，她向后逃避的动作被迫中止。

"灯光刺眼，你慢慢睁开。"黑暗中传来的声音，像是一股在深涧底下的暗流，清冷透彻。

周幼清按照他说的这么做。等到她完全适应明亮之后，齐宥白才慢慢收回手，放在身侧握紧成拳。掌心里被睫毛滑过的触觉慢慢消失，但似乎有什么东西变得不一样了。

仿佛是蜻蜓点水，蜻蜓飞走了，水面荡漾起的涟漪一圈又一圈，向周围蔓延。

乒乓球队的人唱歌怎么样先放一边不说，麦霸属性倒是已经被认证。只要来到KTV，抢麦克风是他们的保留曲目。也就是今天的生日主角能有这个面子，唱今晚的第一首歌。所以，他们在周幼清唱完今天开场歌之后都摩拳擦掌，问今天的寿星想听什么歌。

"粤语歌，我姐姐最喜欢听粤语歌。"袁周率回答完，继续和伍晏安这个志同道合的同龄吃货一起瓜分生日蛋糕。

"粤语啊，"沈从辉纠结地让出了好不容易抢到的话筒，"小白是广东人，粤语歌他唱得最标准。"

"我们小白的低音炮，唱歌最好听了。"程琪最会搞事，心中的想法确定下来就不遗余力地在周幼清面前夸起齐宥白来。

房间里响起前奏，齐宥白侧目望向坐在点歌机前的程琪，看到对方轻浮的一个"OK"手势之后,他翻了个白眼才收回视线。

他一直桃花不断,所以在异性面前唱歌,齐宥白从来都很注意点歌。像现在这首Beyond的《喜欢你》,绝对不可能在他的入选范围之内。可是……余光中的小球迷,正托腮专注地盯着电视中的MV,嘴边的那弯笑容让他竟然觉得,唱一下也没关系。

那就算是,粉丝福利好了。

听到齐宥白开口唱出来的第一句,周幼清觉得他头上的名衔得再多一个——"被乒乓球耽误的歌手"。

齐宥白的低音炮很好听,用他这种声线唱出来的歌,仿佛是人特地在你耳边娓娓道来时候的温柔。就算是副歌部分,也还是有种让人耳垂发麻的磁性,无孔不入地渗透每一根神经末梢。

周幼清感觉自己的心有点慌,虽然还是盯着屏幕,但眼神不自觉地飘向坐在身边的人身上。

他靠在沙发上,包厢里面忽明忽暗的灯光投在他的侧脸,剪影在昏暗的环境中更加迷人。

"周幼清,生日快乐。"

突然交汇的视线,让周幼清从走神中惊醒。

还好周围人都在抢着唱下一首歌,并没有发现她刚才盯着齐宥白失神的窘迫。周幼清轻轻抬起手中的酒杯,冲他示意完毕就把里面的果酒全部喝下去,当作领了齐宥白的心意。

感觉自己被忽视的唐越,想到齐宥白刚才又在周幼清的面前表现了一把,心头一横,拿起桌上的两瓶啤酒,坐到齐宥白身边,递过去:

"来，喝酒。"

现在年轻人，劝酒就这么简单粗暴？

被打断思绪的齐宥白，调整了下坐姿，虽然腹诽着唐越劝酒的台词，不过也还是给面子地接过啤酒。他歪头看了眼酒瓶，对唐越说："我从没喝过啤酒。"

"凡事都有第一次，干杯！"把这句话当成是示弱的唐越暗自得意。今天晚上不把齐宥白喝趴下，他名字倒过来写！

"你要对瓶吹？"

唐越点头："干！"

听到两个人对话的周幼清，忍不住稍微劝了一句："唐越，你要不慢点喝？"

想到唐老爹一杯倒的酒量，虽然没看过唐越喝过酒，但有时候基因就是这么强大。

齐宥白笑着看了周幼清一眼，男人最怕被人看不起。刚才她的那句劝说，就像是看不起唐越的酒量一样，偏偏她还不知道自己做了什么。

齐宥白顺着周幼清的话说："对，反正时间还早，我们可以慢着点来。"

"是男人，就一口气喝完！"唐越一仰头，就先开喝。

齐宥白挑了下眉，也仰起头，眼睛低垂，看着玻璃瓶，睫毛在脸上落下一处阴影，侧脸的弧度从下颌一路蜿蜒到脖颈，像是精雕玉琢到极致的成品。随着他大口吞酒的动作，突出的喉结来回上下滑动。

周幼清想起很久之前在网上看到的一句话——"喉结是男人最性感的地方",这句话放在他身上,好像也并没有什么错误。

似乎,又意识到自己打量他的时间太久,她赶紧把视线转移到唐越身上,于是错过了齐宥白看向她的目光。

唐越连灌了两瓶之后,从脸颊开始渐渐到耳朵都变得通红,又不顾周幼清的阻拦,继续喝了一瓶,最后,瘫在沙发上,目光迷离。

反观齐宥白,眼神依旧清明,没有唐越的比拼,他自己正拿着第四瓶啤酒,不急不缓地慢慢喝着。目光流转,对上周幼清的视线,他认真地问:"我刚才唱得好听吗?"

"乒乓球界的实力唱将!"

"你唱得也很好听。"

她的声音清清浅浅,现在回想起来,一字一句也都在他脑海里。

"嗯,谢谢。"周幼清不知道喝多少酒才算酒量好,可是齐宥白现在说话逻辑很清楚。

她说:"你的酒量不错啊,不像是没喝过酒的人。"

点歌机前的程琪听到这句话突然接嘴说:"他喜欢喝洋酒,白酒也会喝,不过我从来没见他喝醉过。"看到周幼清一脸被欺骗的表情,他笑了一下,也没多管。

所以?周幼清忍不住回头睁大眼睛瞪着齐宥白,齐宥白从她的眼神中看出了谴责的意味。

不知道是笑她现在目瞪口呆的笨模样,还是笑他的小球迷在替别人谴责他,齐宥白嗤笑了一声,伸出手轻轻弹在她的脑门,不紧不慢地对她解释:"我刚才说的是,我从来没喝过啤酒。"

啤酒他真的是今天第一次喝,所以也不算欺骗。

一个运动员玩文字游戏玩得比她这个文科生都溜,周幼清摸着自己刚被他用手指弹过的地方,心有戚戚地为唐越感到心疼。

Chapter 7
/ 所以，我才来得及喜欢 /

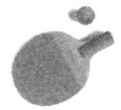

从 KTV 出来的时候已经是晚上九点半，这一片灯红酒绿中，正是夜生活开始的时间。不过因为运动员们有门禁时间，所以他们这帮人才准备散场回家。

袁周率和伍晏安一边一个，把睡得昏天暗地的唐越架上沈从辉开来的车里。程琪坐在副驾驶座上，向外探出头跟齐宥白打招呼："你把咱幼清安全送回家就早点回来哈。"

经过一晚上的时间，他已经熟络地称呼周幼清为"咱幼清"。

齐宥白刚点完头，面前的这辆车就毫无留恋地绝尘而去，留下两个人互相干瞪眼。

"从辉开车就这样，像是赶场子。"齐宥白抬步带周幼清往露天停车场走去，"我们也回去吧。"

也许是今天月光太温柔，周幼清听到他说"我们也回去"的时候，心里稍微颤了一下。她盯着身前的影子从两个泾渭分明的独立个体，慢慢交融成一个整体，心里萌生出似有若无的情愫来。周幼清知道是什么，但又不敢明白地告诉自己。

迎面走来一个娉娉婷婷的白色身影，那身影停在几步开外，声音中充满惊喜和几分不确定："宥白？"

周幼清在脑子里想了一会儿，总算翻出了这个人是谁。上次在商场里遇见的，齐宥白的那个女性朋友。

相比这位姑娘而言，齐宥白的声音并没有什么变化，他客套地回应："好巧，是你啊。"

"你怎么在这儿？"女人上前两步，似乎是才看到周幼清，迟疑地问，"这位……是你女朋友？"

聊天就聊天，随随便便给她这个路人甲安身份是什么意思？周幼清想摇头，但右手突然被握住，她诧异地看着身边的人。

齐宥白对周幼清安抚地笑了一下，又扭头对那位朋友说："我们刚唱完歌出来，正准备走。"他眼睛里的温柔还没来得及被收回，虽然他并没有正面回答她"这位是你女朋友"的问题，但他的动作和眼神足够证明她的猜测。

"那，你们好走。"

"再见。"

不是不知道她误会自己和周幼清的关系，齐宥白想到这段时间她经常给自己发短信，旁敲侧击地约自己去爬山、钓鱼、打球之类的活动，既然自己对她没感觉，倒不如借着这次机会让她彻底放弃。

齐宥白牵着周幼清，一直来到自己的车前才放手。手中的温度消失的瞬间，他的心也有点空落落的。

这时，齐宥白预约的代驾司机也赶到了。他没想太多，帮周幼清打开车门，两人坐上了汽车后座。

"刚才那位是我妈介绍的相亲对象，因为不想耽误她时间，所以就让她误会了。"他扭头望着她，车外昏暗路灯的亮光，让她的脸一半隐于黑暗，一半露在光明中。

想到自己那时候在机场，也借着他当过挡箭牌，周幼清心虚地摇头，中气十足地回答："没什么没什么，我帮人人，人人帮我嘛。"

齐宥白觉得这个回答很有意思，唇边荡起一个短促的微笑："以后你有需要的话，我也很高兴能帮你的。"

"什么意思？"

"国家队里面，说长得帅的话，我大概能保二争一？所以，我很拿得出手的，你下次用得着，我可以借你。"

这么随随便便就把自己出借了？周幼清没当回事，随意说："像是网上那种可以租借回家过年的男朋友吗？"

"如果你有需要的话。"

周幼清歪着头，看着眼神柔和，但又不像是在开玩笑的齐宥白，心中多多少少有点诧异。她以为齐宥白是高冷面瘫的时候，他又去找人挑事；以为他是脾气暴躁的刺儿头时，他又热情真诚地和人打招呼。现在，他还能大言不惭地说自己保二争一？性格真是有点成谜。

摸不透齐宥白的想法，对上他期待的眼神，周幼清只能点头同意他把自己外借的说法。

　　车里空间狭小封闭，从前风口吹出来的冷气十足，齐宥白突然靠近她，动作幅度大且突然，让周幼清一时呆在座位上，连防备的后退动作都没有，只是瞳孔张大，盯着和自己距离不到二十厘米的脸。

　　都说人与人之间的亲密距离是在四十五厘米内，那这样子的距离算什么？周幼清眨眨眼，努力想把自己脑子里不合时宜的想法挤出去。

　　齐宥白眼睛含笑，长臂一撩，从副驾驶座上拿了一件自己的长袖运动外套，似乎没有发现周幼清的异常，把衣服盖在周幼清的腿上。这个动作绅士又贴心，仿佛上一秒的忽然靠近不是他做的事情一样。

　　"盖着我的衣服，应该不会觉得冷。"

　　"哦，好的，谢谢。"她的睫毛乱颤，腿上的衣服忽然有了沉甸甸的分量，心跳声扑通扑通地充斥在她的耳边。

　　齐宥白没有立即退回到自己位置上，他低下头，仔细看她的脸，眼里的光芒细碎，表情像是不谙世事的天真少年："你是不是……有点脸红？"

　　"是的吧，我说怎么脸有点烧。"周幼清粉饰了一下，"车里面空间太小有点闷，等一下就好了。"

　　"哦……"总算没有让人太尴尬，齐宥白这才坐回去。

　　这个时间，高架上车流稀疏。车窗外闪过一道又一道橘黄色的灯光。平时白天所见的高楼大厦全都被淹没在黑夜之中，留下一个不太真切的轮廓。

周幼清看着远处不断往后退的黑影，突然开口打破车厢内的气氛："听说，你以前退出过国家队？"

刚问出口，她马上就开始后悔自己的口无遮拦。明明只是想找话题，不至于让两个人一路沉默到家，可现在，感觉自己一张嘴，就把这个话题给聊死了。

还好，齐宥白没有拒绝回答，单纯用鼻音发声："嗯。"

周幼清翻遍自己脑子里的话，想补救一下，错开话题。齐宥白又说："当时，只是突然地通知了一下外界关注我的球迷朋友，并没有说什么原因。其实……"

他专注地看着前方，表情平静，没有半点不能说的为难。

"那时候拿到了世运会的单打冠军，成为最年轻的大满贯得主，该拿的奖都拿了。原先你每天起床睁开眼就开始为自己的目标奋斗，但是有朝一日，这个目标突然被实现了，于是就茫然得不知道接下去要做什么。"

他哂笑了一下，像是以前的自己有多可笑："围绕在自己身边的声音太多太杂，所有人都在夸我，千篇一律地说我是大满贯得主，我一下子有点厌倦，再加上肩伤已经到了影响我正常生活的地步，于是就提交了退队申请。"

"你教练应该不愿意放你走吧？"

记忆汹涌如潮水，在眼前慢慢浮现。

当时，主教练三天两头地和闫教练一起找自己谈话，但看到自己斗志消沉，外出赛事不力，国家队毕竟以集体荣誉为主，他不行，自然重建了以其他人为核心的主力队伍。主教练提出给他一年时间，想好未来的路，也顺便借着这段时间，调理好身上的伤病。而他的主管教练，从来都支持他做的每个决定，就算他退出了国家队，也经常找队医一起来给他体测，每个月一份体能训练计划，在他做了一次肩部手术之后，这份体能训练又改成了康复计划。

他太任性，现在想起来，在国家队最对不起的人就是闫教练。

"我教练，平时说一就是二，那段时间磨磨叽叽就是不想我走。但我那时候犯浑，下定了决心，他也由我去了。"

"后来呢？"

"一退队我就去治肩伤了，顺便考了大学。"

齐宥白的妈妈在教育局工作，对于自己儿子没有上大学这件事情，一直耿耿于怀，好不容易有时间了，立刻逼他去考大学。

车载音乐在这方小天地里面低缓流淌，周幼清把眼神聚焦在他表情倨傲的侧脸上。网上说他是少年意气，可是现在，身边的这个少年已经蜕变成一个沉稳的男人。

"那你一年后，又想通了？"

"乒乓球是让我快乐的事情。"齐宥白笑得纯粹，"还好，我还记得这件事情。所以后来又回归了国家队。"

只是，离开的这一年，虽然有闫教练私下发他的训练计划，但他没有专业团队，练习的强度依然不够，回去后，技术已经远远落后于其他队员，甚至比不上二队刚进的新人。只能重新拼命加练，才能慢慢达到自己的水平巅峰。

在这安静的环境里,他用自己低缓如提琴的声音慢慢讲述自己从来没对其他人说过的故事,像是亲手领着周幼清,一步一步走进一个叫作"齐宥白"的世界。

周幼清低着头,心里明白,她好像遇到了一个坎儿,可她又好像过不去了。

"还好你回来了,齐宥白。所以,我才来得及喜欢你。"

可惜这句低语并没有落入齐宥白的耳里,而是随着两边倒退的风景一同被遗忘在时速100公里的车后。

等送完周幼清,回到运动员宿舍,齐宥白还没打开宿舍门,就听到里面叽叽喳喳,声音嘈杂。看了眼手表,已经晚上十一点钟了。

"哎,小白回来了!"沈从辉坐在对着门口的椅子上,一看到人,就急吼吼地叫起来。

"你们怎么还没回去,明天还早不早练了?"

程琪做了一个手势,让齐宥白先坐下来,等他入座之后,才开始把他们这么晚还不回各自宿舍的原因说出来:"小白,你觉得幼清怎么样?"

"很好啊。"

"那你,觉不觉得,厨艺好、长相好、性格好、唱歌好听的幼清,需要找一个配得上她的男朋友?"

齐宥白听出了点意思,双手交叉在胸前,睥睨了他一眼:"那关你们什么事?"

"当然关我们的事情了!"沈从辉受不了程琪磨磨叽叽的说法,

"你喜不喜欢周幼清?"

"所以你们这是在准备帮幼清介绍男朋友?"

伍晏安点点头:"程琪哥说重点得发展一下我们球队的优质男青年,幼清姐不是说你是她喜欢的类型嘛,要是你成了幼清姐男朋友,她不就是我们的嫂子了吗?我们不就可以多一个理由吃到幼清姐做的东西了吗?"

"滚!我以后的女朋友是你们能指使的吗?"

"你不同意啊?那我们就派乒坛第二帅的我去了!"

"滚滚滚!吃人家的东西,还打人主意,你们是不是白眼狼?"齐宥白踹了程琪一脚,开始不留情面地怼他,"还乒坛第二帅,先数数你的腹肌有没有八块了?"

一直作壁上观的霍思礼说:"小白,你对人没意思,干吗这么护着人?"

队长说得一针见血,其他人全都在心里给霍思礼点赞。

"我的球迷,我能不护着吗?"齐宥白觉得自己跟这群人说不到一块去。

"赶明儿我去微博上征集你的球迷,你不一视同仁地护着,我替你那些球迷不服!"

"那你再找一个弟弟也进国家队的,经常给我们寄吃的我的球迷。"

一句话让程琪哑口无言。

三个人看拉红线不成功,便垂头丧气地走出了房间。

宿舍里面再次恢复了安静，霍思礼躺在自己的床上，仔细盯着齐宥白观察了半天。他今天有事没去参加生日宴，但是听程琪回来的说法，总觉得齐宥白对人姑娘有点不一样。

"你真对人周幼清没什么想法？"

听到这句话，齐宥白准备脱上衣的动作停了下来。

自己在车里面对周幼清说的话还犹在耳边，要说没什么想法，是说不过去的。他无所谓地耸了下肩，像是说一件很稀松平常的事情："我已经把自己借给她了。"

然后，洗澡睡觉，任由霍思礼怎么追问，都再也不多说一句话。

当天晚上，月光透过薄云，在寂静的大地上投下清浅的银白色光辉，周幼清躺在床上辗转反侧，只要她闭上眼睛，眼前出现的就是笑容纯净似少年的齐宥白。

好吧，第一次切实体会到喜欢一个人的心情，难免激动。所以她索性坐直身子，打开床边的落地灯，拿着笔记本在搜索引擎上输入"齐宥白"三个字。

因为齐宥白这段时间外出征战连连得胜，所以网上关于他的即时消息又多了不少。

周幼清在视频网站上看了好几个关于齐宥白运动赛事的cut，虽然不清楚他以前的经历，但是看到满屏的弹幕，多少也清楚了些齐宥白在乒乓球坛和球迷心中的地位。就像是现实中热血的日漫男主角，浑身透着舍我其谁的气势，就算隔着一层屏幕也不能减弱半分的霸气。

随后她又点进一个飘在首页的帖子，发帖时间是两年前，标题叫作"鲜衣怒马少年郎,一朝看尽长安花"。打开后才发现,里面是关于齐宥白从参赛到大满贯加身的所有信息和图片汇总。

周幼清一字一句仔细地看过去,生怕错过一些不该遗漏的消息。文字消息很多,从杂志报道到人物采访,再到队员之间的爆料,几乎所有新闻都被摘录在帖子里,而这些内容,也让她更加全面地了解了齐宥白。

比如,齐宥白的肩伤其实很严重,有一次比赛以 4:0 结束,对手过来伸出右手准备跟他握手,而他却只能一边说抱歉一边抬起左臂,因为他肩膀上的伤已经完全没有力气让他抬起右手来。

比如,齐宥白冬天早上也会早起加练力量,主管他的闫教练每天骑着小电驴跟着,陪他一起训练。而他为了让教练能够多睡一会儿,骗教练说明天不去训练了,等教练相信后,自己依然没有中断早训。

再比如,他在一次公开赛夺冠之后,情绪激动地一脚踏在球台上,结果被乒协没收了那年的冠军奖金,连闫教练也跟着被罚了两万。外界都说闫教练苦逼,带了这么个上天入地的弟子,再多的奖金也要被扣光。齐宥白自认为很对不起教练,于是继续发愤图强,在下一场公开赛中依旧拼命夺冠,中规中矩地领完奖,最后拿着奖金给教练家里置办了一溜的新家电。

周幼清眉眼间盛满柔情,偶尔看到一两则消息的时候,嘴角会提起一抹微笑。

她放大照片,看到两年前的齐宥白,和现在没有太多变化。

发型相似,棱角依旧硬朗,笑起来的时候眼神清澈坦诚,上场之后目光又专注固执得仿佛全世界只有乒乓球。

她之前说齐宥白已经从一个少年蜕变成了沉稳的男人，其实不然，他是把所有的纯粹和不羁全都刻在骨子里。

看完归纳的信息已近深夜，情绪被帖子带动到最高潮的周幼清还是按捺不住心情，拿出手机点开齐宥白的头像，把自己之前说的那句话发送给他。

同一片深蓝夜幕之下，齐宥白放下手机，枕着自己的手臂继续入睡，心里眼里都是，周幼清一分钟前发来的寥寥几字：

"还好你回来了，齐宥白。"

Chapter 8
/ 如果是周幼清的话 /

上一回发送的信息,差不多是周幼清情绪比较外露的一次,虽然那则消息并没有半点暴露她的小心思。

可她还没开始和齐宥白建立起一种比朋友更进一步的关系,就已经开始有点患得患失,无比在意被她单方面喜欢的齐宥白会回复什么内容。

等待的一分钟,仿佛一个世纪那么久。

翻来覆去看了无数遍,手机屏幕上的那四个字并没有任何变化,仍然是"谢谢,晚安"四个不带任何感情色彩的方块字,周幼清任由自己无力地瘫倒在床上。那双荧光绿球鞋就在这个时刻浮现在她眼前,所以,是真的不能指望一个拥有直男审美的运动员,能敏感地察觉出隐含在那句话背后的含义。

在心底为齐宥白寻找好开脱的借口,周幼清一下子就释然。于是,粉丝滤镜根深蒂固的她,重新燃起动力,拿出数位板,随着她一笔一画地勾勒，电脑屏幕上一个身影呼之欲出。

　　凌晨四点半，还没升上地平线的朝阳已经泄出几缕晨曦，夜幕被撕开，云层慢慢染上一层深浅交错的金边，窗外的世界恢复生机变得喧嚣吵闹。

　　周幼清对这个世界的苏醒没有半点反应，仍然专注于自己笔下已经快收尾的人物手绘。

　　"唯此间江湖少年，偏爱纵横天下，恩仇趁年华轻剑快马。红尘未破也无甚牵挂，只恋生杀，醉里论道，醒时看花。"音乐播放器里面的歌声一遍又一遍地单曲循环。

　　一个身穿火红色球衣的背影被浓墨重彩地刻画在白纸中间，高仰着头腾在半空中，他此时的动作仿佛正在挣脱所有桎梏，又好像是即将浴火重生，围在他周遭的火焰早已不是他的困局，反而是将要大放光辉的异彩。

　　最后在球衣的背后写上"Qi.Y.B"几个单词，她把这张图设置成电脑桌面之后，才将它PO在自己已经有几万粉丝的微博上。

　　没有去管微博底下的评论是夸她画技好，还是嘲讽她蹭齐宥白的热度，周幼清关掉网页重新对着电脑屏幕看了几分钟，才心满意足地伸懒腰准备回床上补眠。

　　不过，她是可以看到真人的人，为什么还得对着电脑屏幕愣神？

　　外面的曦光从没有完全合上的窗帘缝里漏了进来，周幼清轻快地翻身背对窗口，在入睡的前一秒又想到，就算齐宥白站在她面前，她也不敢明目张胆地盯着他看几分钟吧。

　　这么想想，她的脸皮实在有些薄。不愿意承认自己羞涩少女心的周幼清决定下次再见到齐宥白，一定要大方地把他看个够。

但是，有些决心不能随便下，万一机会真的来了呢？
几天后。
菜市场内弥漫着各种味道掺杂在一起的气味，摊主们坚守在自己的一亩三分地上面有一搭没一搭地吆喝着招揽生意，嘈杂的环境让这座由钢筋水泥建造而成的城市多了几分烟火气。潮湿的防滑地砖已经被来来往往的脚印踩得一片狼藉，周幼清踮着脚，动作迟缓地避开穿插在身边拎着各种袋子的人群。

她哈欠连天，一副颓废的样子。把自己困在房间里，对着电脑屏幕暗无天日地连续熬了几个晚上才赶完杂志社的图稿，最后图画完了，周幼清也过了最困的那个点。明明眼皮都快要粘在一起，但是大脑活跃得完全没有睡意，整个人处在一种不正常的兴奋状态。入睡失败的她这才来菜市场，准备采购接下去几天的食物。

手里拎着几个兜满蔬菜的袋子，周幼清停在了一家猪肉摊前。

也许是因为连续几天缺觉，接下来发生的事情在她眼里就像是一场默剧。

她迷离地看到老板面带笑容地跟她说完话，转身从角落里拿出一整扇排骨，一小块一小块剁开，再装袋子过完称，最后放在自己跟前。

"承惠，一共210块钱。"

在这一刻回魂的周幼清，目光迟疑地反复扫视态度诚恳的老板和面前用两袋子装好的排骨，脑子里总算回忆起她刚才说的话。

"老板，我买你家的排骨。"

"我家排骨还剩一整扇,要多少?"

"嗯,都要。"

自己说出去的话,流着泪也要付款。从钱包里拿出现金递给老板,周幼清深吸了一口气,做足心理准备,打算拎着眼前这两袋子的排骨回家。

这时,一只手臂横亘在她面前,一把提起两个袋子。

"咦,是你啊。"来人是齐宥白。

扭头望去的周幼清满心欢喜,连声音中的有气无力都一扫而空。可是,下一秒,她又郁闷得想捂住自己的脸,不用想也知道自己现在的脸色有多见不得人。

然而,她的小心思齐宥白并不知道,他掂了掂手里的分量,好笑地说:"买这么多,你是要开排骨店吗?"

"我也不知道,刚才那一刻脑子里一团糨糊的我是怎么说出要买下全部排骨的话的。"

和平时比起来,她今天的面色实在很差劲,像是原本鲜嫩欲滴的花骨朵一夜之间失去水分。齐宥白仔细观察了一会儿,回想起袁周率曾提到过的事情,问:"你这是……熬夜赶稿了?"

"嗯,每个月总要熬那么几天。"其实是拖延症晚期的她平时摸鱼偷懒,到了截稿期最后几天才开始拼命压榨自己,当然,这些都不好对齐宥白说,"不过我平时作息都挺规律的。"

既然当事人自己明白规律作息的道理,齐宥白也不好多说什么,只有点头表示了然。与此同时,他顺手挽着她的肩膀,把没看路的周幼清带到他身体内侧的位置，空出足够的地方让迎面驶来的运货推车过去。

这个充满男性荷尔蒙的动作在他看来无须在意，却又在周幼清的心里掀起一层波澜。尚未站稳身姿，周幼清躲在齐宥白一只手臂隔离出来的怀抱里，扭头望向他精致而优美的侧脸，嘴角的梨涡浅浅地浮现。

原本杂乱不堪的菜市场，因为齐宥白的陪伴，竟然成了让人流连忘返的地方。

在外人眼里，和谐相处的两人像极了一对新婚小夫妻。他们一边有说有笑，一边逛完了整个菜场，齐宥白因为瞥到周幼清被袋子勒出红印的手，又接过她手里的东西。

"还要买什么吗？"

"不了。"

"那我送你回去吧。这么多东西你也提不动。"

"说起来，你怎么会来这边的菜市场？"

其实无论是哪一边的菜市场，都和齐宥白八竿子打不着。

听到这个问题，齐宥白表情僵硬，身形稍微顿住了几秒钟，似乎想起了被自己遗忘到脑后的沈从辉。

这两天一队的人难得有几天假期，平时都是听网络课程的齐宥白回学校上课，霍思礼和女朋友约好去短途旅行，伍晏安跟着程琪回他老家度假。因为家人刚好出国旅游，所以无处可去的沈从辉只能被齐宥白领养，与他一起去上课。

昨天晚上，两个人在网上玩斗地主，规定谁赢得多谁负责今天出来买菜。于是，赢了1000多欢乐豆的齐宥白，早上就被趾高气扬的沈从辉指派出来买鱼饼。

齐宥白摸了摸鼻子，隐瞒真相说："网上说，这个菜场里卖的鱼饼最好吃，我今天有空，就开车来这里试试。"

"哎？这里有鱼饼啊？我第一次听说。"周幼清并没有察觉出什么不同，全副心神都被鱼饼吸引，"芹菜炒鱼饼很好吃。你等下有事吗？没事的话，我邀请你去我家吃午餐。"

在午餐和沈从辉之间的二选一，对齐宥白来说根本不是难题。根本不需要思考，他说："就是因为没事闲的，我才能开车跑这边来买鱼饼。走吧。"

沈从辉这么大个人，少了他也一定饿不死。

抱着这样子想法的齐宥白，丝毫没有罪恶感地把家里嗷嗷待哺的沈从辉，抛之脑后。

周幼清的房子，和上次他来参加生日宴的那天相比，稍微凌乱了一些。

电视墙上的物品摆设得没有之前看上去那么板正，茶几上放着一台笔记本电脑，周围散落着一堆她宅家必备的零食，比如薯片、巧克力、桶装泡面，还有几个抱枕堆在沙发上。一条薄毯搭在沙发边，大半已经落在了羊毛地毯上。

虽然不是那么整齐，但也多了一丝生活气息和真实感。

可周幼清并不这么想。

有人上门做客，看到的是她没有收拾的房子，怎么想都会给人留下一个生活邋遢的形象。

　　周幼清皱着眉头想补救措施。她不动声色地往左前走了一步，把自己娇小的身材挡在齐宥白身前，暂时忽略两个人的身高差距，自欺欺人地觉得，这样子齐宥白就看不到客厅里的景象。

　　"嗯，那个，你把东西放在厨房就好。"

　　"好。"把她的小动作尽收眼底的齐宥白站在她身后，露出一个无声的笑容。他没有拆穿周幼清的心思，听话地转身进厨房，甚至为了给窘迫的周幼清多一点时间，他还特地放慢了脚步。

　　等齐宥白一背过身，周幼清脸上的笑容再也端不住，立马把手上的袋子放在餐桌上，三步并作两步跨到沙发前，将所有散在客厅茶几上的东西一股脑儿扫进收纳凳里面藏好。

　　脚步声适时地在身后响起，周幼清若无其事地把收纳凳放在沙发内侧的角落里，拍拍手轻松地站起身说："那你先在沙发上坐一会儿，电脑是开着的，你可以随便玩，我去做饭。"

　　"我去一起帮忙吧。"

　　"不不不，我做菜习惯一个人。"天知道，如果齐宥白进厨房伤到了矜贵的手，全中国的球迷都得跟她拼命。

　　齐宥白目送周幼清进了厨房，才微笑着摇摇头收回目光。他坐在电脑前，晃了两下鼠标，笔记本的屏幕立刻就亮起来，电脑桌面上的手绘人物自然也被他一眼看到。

　　画上的人物张扬凛冽，浑身似乎充满踏碎星空的能量。虽然只是一个鲜红的背影,但倒影进齐宥白黝黑的双眸中,像是无边深邃的黑夜中燃烧起的一记火光,带着灼热的温度刻印在他的心里。

过了良久,低笑声从注意到图片落款的齐宥白口中溢出,他的眉眼弯弯,瞳孔中闪烁着比外面正午时分的日头还要猛烈的光芒,目光灼灼地扫向厨房里那个忙碌的身影。

后来,齐宥白和袁周率闲聊起才知道,周幼清并不关心乒乓球,所以自然也不是自己的球迷。那时在机场的初遇,只是一场乌龙。

可是现在,这幅图的落款叫作"周幺青",怎么看都像是周幼清的笔名。既然能画出这么一个气势逼人的他来,那是不是代表着,周幼清看过他的比赛视频?知道他在球场上的风格,并且,喜欢上比赛中的他了呢?

小球迷失而复得,这让齐宥白有点得意,心里同时涌出的一种莫名的感情他还没有摸透就被他扔在一边。

他心血来潮地拿出手机,在微博搜索里面打下"周幺青"三个字,果然就出现了一个同名的微博用户。

点进去一看,微博上大多都是她的手绘图片,齐宥白手指灵活地点了几下,把周幼清前段时间上传的图全都保存在手机里,并且鬼使神差地点了"关注"。

做完这一切,他也没管自己的微博关注列表上多出来一个人,对他几百万的微博粉丝来说是一件多么惊天动地的事情。

齐宥白转着手机,心情颇好地走向厨房,周幼清背对着身子站在灶火前调味。鱼饼是已经熟了的东西,和芹菜一起稍微翻炒下就能出锅。

她专注认真地计较着要放多少盐，丝毫没注意到齐宥白已经悄悄地来到她身后，和她保持一拳的距离，自她右肩一侧探出脑袋往锅里张望。

"我的天哪！"无意地一回头，平白无故地看到一张近在咫尺的脸，周幼清吓得本能地往左边一跳，手里还没来得及收回来的调料勺被扔在了锅里。

"你走路怎么都没声响的呀？吓死我了。"心跳快到像是要蹦出胸膛，她抱怨了一句，赶紧拿着锅铲去捞调料勺。

也就因为他是齐宥白，这要是换作袁周率，她早就一锅铲砸过去了。

"我想来看看有什么需要帮忙的。"齐宥白不在意周幼清的白眼，有点不好意思地摸着后脑勺。

"你会吗？"

齐宥白转开水龙头说："洗菜总是可以的。"

周幼清不再关注这一头，把芹菜炒鱼饼铲起来装盘。

夏季的厨房又闷又热，虽然窗户打开，可风却一点都吹不进来。齐宥白关上水龙头，也没有走出厨房，索性从外面搬进一张椅子，两腿分开反坐在椅子上，下巴拄着椅背，姿态舒适地盯着周幼清的背影。

似乎是察觉到来自身后的焦灼视线，周幼清出声："都洗完菜了，你怎么不出去？"

"在这里当个监工。"

"好吧,你开心就好。"

齐宥白嘴角一弯。

抽油烟机的声响,木勺子落在不粘锅里响起迟钝的滑擦声。他的耳边充盈着丁零哐当的声音,眼里全是周幼清为他洗手作羹汤的背影,这些柴米油盐的小事都让他有种"这辈子就这么着"的熨帖感觉。

"介意我在西红柿炒鸡蛋里面放糖吗?"

"不会。"

"鱼汤里面滚豆腐还是放酸菜?"

"嗯,豆腐。"

"你能吃排骨吗?我买的可都是放心猪肉。"

"没关系。"

"那你帮我尝一下咸淡。"周幼清夹着一块排骨转身,吹了两口,然后递到他嘴边。

"刚好。我喜欢。"

很家常的一问一答,曾经反感母亲催他交女朋友的齐宥白在这刹那间承认,如果自己的女朋友是周幼清的话,他很愿意。

Chapter 9
/ 我愿做长风绕战旗 /

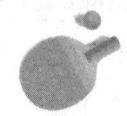

简单的三菜一汤全部上桌,齐宥白的朋友圈上传了它的第一条带图片的动态。

没过一分钟,底下的回复已经排成了一溜。

"谁做的?"这是据说和女朋友一起度假的霍思礼。

"不像是饭店,也不是你家的盘子。"这是观察细致的程琪。

"我终于相信小白哥没有屏蔽我了。"因为齐宥白一条朋友圈都没有发过,所以怀疑自己被屏蔽的伍晏安放心了。

"你个禽兽!说好的去买菜呢!人呢!"一看就知道是被遗忘在家里的沈从辉。

说好的去旅游,为什么大家都还捧着手机呢?齐宥白得意地鄙视了所有的休假人员。

还没等他放下手机,手机就已经开始响起铃声。"沈从辉"三个字大刺刺地出现在屏幕上。

"喂……"

"齐宥白，你人呢？"

"在朋友家里。"

饿着肚子的沈从辉气到炸："那你还记得你有朋友在你自己家里吗？！"

从厨房里拿出碗筷的周幼清刚好走到他对面的座位上，没看到齐宥白在通电话，于是直接开口说："哪，给你。"

清脆的女声被电话那头的沈从辉捕捉到，原本还在气头上的沈从辉一下子安分下来，促狭地说："哎哟，没想到你也是重色轻友的这一挂。好了好了，你安心约你的会，我自己解决我的饭。"

怎么觉得那个声音听起来有点耳熟？沈从辉抓耳挠腮，还是回想不起来。

齐宥白镇定自若，仿佛被调侃的人不是自己一样："厨房壁柜里面还有东西，你自己看着办。我晚点回去。"

"你有朋友在家啊？"尽管不是刻意去听他的电话，但还是听到了些信息，周幼清忍不住问了一句。

"是啊，沈从辉。他没地方去就去我家了。"

"你在这里，他怎么办？"

齐宥白低头塞了一筷子鱼饼在自己嘴里："又不是小孩子，饿不死他。"

这一刻，周幼清深深怀疑起国家队员之间的友谊。

"对了。"丝毫没把沈从辉放在心上的齐宥白吃了半分饱才放下筷子，从口袋里掏出两张票，"下周，有我们在国内的巡回赛，你有时间来看吗？"

　　乒乓球赛事这两年开始被大家关注，观众上座率和前些年相比已经大幅度改善。不过，身为参赛人员，还是可以向主办方拿到一些门票。不知道是那幅手绘图片产生的冲动，还是想邀请周幼清看到比赛中的自己，总之，齐宥白忽然之间很想周幼清可以来看一场他的比赛。

　　"哎？"周幼清下意识地接过，脑子里回想起前几天晚上看到的消息，"听说国内赛事要比国际赛事含金量高一些？"

　　据说拿到乒乓球国际赛事冠军的运动员，可能这辈子也不能获得一个全国冠军。

　　"就像是世界冠军们来抢一个全国冠军，是还难一些。"已经获得好几个全国冠军的人说得轻描淡写。

　　"你会上场吗？"

　　"当然。"

　　"哦，那我去吧。"

　　夏季的天气总是阴晴不定，前一秒还是烈日当空，转眼间天色就暗下来，乌云翻滚着遮蔽了漫天金光，继而下起瓢泼大雨。还好现在一般人外出总会随身带着一把伞。

　　帝都大学体育馆自门口往外，已经排起了一条长龙。周幼清撑着她的大号遮阳伞排在这支队伍的中间，无聊地盯着从她身边来回好多次的学生。他们穿着雨衣，正在向队伍中的人派发手幅。

"这位同学,我能站你身边借点伞吗?"排在她身后的小姑娘只戴着一顶棒球帽,身上米白色的T恤已经被雨水淋湿了一小半,贴在她身上有些透明。

周幼清赶紧把伞分出去一半,然后从随身小包里面掏出一包纸巾递给她。

"谢谢。"

"不客气。"

"同学,你是来看霍思礼的?"女学生擦掉身上的雨水,看到周幼清拿着的手幅,露出一个笑容。

周幼清顺着她的目光看向自己的手中,明白是手幅引起的误会:"不是。这手幅是刚刚别人塞给我的。"

"那你喜欢男队的哪一位球员?"

"齐宥白。"

虽然人家只是在问她喜欢的运动员是哪一位,但周幼清像是对人宣告正在心底蔓延的情绪,掷地有声地承认自己对他的居心不良。

是啊,没错,他是我喜欢的人呢。

随着人流一步一顿地进入体育馆,周幼清和这位女生分开,找到自己的座位。

齐宥白给的票位置好到扎眼,观众席第一排正对着球桌中间的位置,待会儿两边比赛选手的动作都可以看得一清二楚。

周幼清环顾四下,产生了一种自己陷身在一场演唱会中的错觉。观众席上多数都是女生,喜欢不同运动员的球迷有组织地一群一群地坐在一起。一落座就开始拉开横幅，举起手上的 KT 板和灯牌。周幼清捏了捏自己手里的横幅，一下子笑了出来。

也对，早在机场就见识到现在的球迷都在用娱乐圈的那套来追运动员。

她周围这一圈恰好是齐宥白的球迷，手持霍思礼手幅的周幼清感觉自己像是这群粉丝里面的叛徒，为了不被人侧目，她偷偷把手幅塞进包里。

"同学，你等下能帮忙拉一下横幅的这头吗？"脸颊上贴着"齐宥白"贴纸的女生递上横幅的一端，"你这位置太好了，不拿来应援简直浪费。"

以为自己被抓包，肾上腺素飙升的周幼清放下心，赶紧点头答应，却忘记看一眼这条长横幅上面印的应援口号。

于是，等齐宥白出来比赛，抬头就看到周幼清举着横幅跟着人潮替他应援加油的模样，一下子笑得像小孩。

他的五官本就冷漠精致得如雕刻，可这一瞬间，他笑容灿烂，恍如冰雪融化，好似画中人走了出来。

"他看过来了看过来了，这是在对我们笑是不是？"

"小白哥，你一定要赢啊。"

"齐宥白笑得好苏！不行，我需要抢救一下。"

坐在周围的女生越发激动，齐宥白平时就比较内敛，在球场上更是冷漠严肃，何时像今天这么情绪外露，笑得大白牙都露了出来。

周幼清能感觉到横幅的另一头正在被剧烈摇晃。她的心里居然升起一种诡异的满足感和窃喜。

哦，那是因为他看见了她呀。

今天这场是二分之一半决赛，齐宥白的对手是上次住他家的沈从辉。

看到齐宥白一脸淫荡的笑容，沈从辉也顺着他望去的方向发现了周幼清，颠颠儿地跑过来："哎哟，这不是幼清吗？"

也是因为看到人才想起，之前让自己耳熟的声音好像就是周幼清。

他眯着眼睛，余光掠过已经收回笑容正经做着赛前准备的齐宥白，心里暗忖着程琪哥之前的计划好像也不是不能实现。

齐宥白被沈从辉看得有点发毛，用手肘推着沈从辉："滚回去，我们今天是对手。"

"那我们平时还是队友呢。"

"别套近乎啊，我等下不会放水的。"

"谁稀罕你。"

沈从辉又瞟了一眼台上周幼清举着的横幅——"齐宥白，你眼里有天下，我心中只有你"。

比赛后一定要给袁周率发消息，告诉袁周率他即将会有一个姐夫的事情。

比赛很快就开始，场内的加油声慢慢减弱，会场顿时变得鸦雀无声，齐宥白首先取得发球权。

为了看这场比赛，门外汉周幼清做足了充分的准备。她特地去百度了一下乒乓球的技术术语，什么推拉、阻挡、拨，直拍、横拍、正手、反手……还专门看了一场齐宥白的带解说的赛事。

然而，一点用都没有。

这块区域坐着的都是看脸的迷妹，没有专业人士在旁边解说，周幼清以前看不懂的，现在还是看不懂。只能靠记分牌上的数字来确定谁处于优势位置。

没一会儿，台上的两个人都大汗淋漓。双方交战的时候，观众席上的人都克制着没有发出一丝声音，生怕干扰到他们的状态。等小回合一结束，全场球迷又立即爆发出响彻云霄的助威呐喊。

与身边人的奋力嘶吼不一样，周幼清豁不出去，坐在原位上安静如鸡，只是不断地挥动手里的横幅。

但她内心的波动远远不如外表上的镇定。

她的视角非常好，齐宥白每一轮挥拍，每一道专注而霸道的眼神，每一次因为肌肉收缩而更有张力的手臂线条，每一个小回合之后给自己的打气，仰天怒吼地宣泄，都能被她清楚地印在心底。

对周幼清来说，这是一个陌生的齐宥白。

此时的他不同往日的收敛和深沉，一举一动都自带一股逼仄的气势，宛如一把刚出鞘的绝世宝剑，锋芒毕露，带着一道道风刃，挥斥方遒所向披靡。

"如果有一天，国家队没你的位置了，你会和别人那样去他国替他们征战吗？"

"不会，我是祖国的战士，终生为她而战。"

"你退役之后会当教练吗？"

"也不会,我教不出可以超越我的人。"

"对自己这么有自信?"

"因为,我现在正把最好的我,献给乒乓。"

这是上周吃饭闲聊时,周幼清和齐宥白之间的对话。在这个时候,她回想起来,才好像懂得他说这些话时候的底气。

上半场的最后一球,他和沈从辉有来有回互相推拉了七次,最后齐宥白跳脚扣杀,对面的沈从辉应接不及,终于丢了这一局。

比分2:0,齐宥白领先。

跳起挥拍的身体惯性,让齐宥白在落地的时候原地旋转一圈,他紧抿的双唇单薄而凌厉,下颌微扬,目光锐不可当。

周幼清忽然站起来,她也有种想要往外释放的情绪,莫名其妙地明白,现在得吼叫,得跟着别人一起呼喊"齐宥白加油"。

场馆内的声音太乱太嘈杂,周幼清甚至都听不到自己刚刚喊出来的话。

可是齐宥白像是听到了她的声音,转过身,身上的气势还未散尽,一眼就看到了周幼清。他眉眼一弯,万千盛气一下子化为乌有,然后酷酷地做了一个"OK"的手势。

周幼清脸颊一侧的梨涡浅浅地散开。

正如他说过的,齐宥白正在把最好的自己献给乒乓,而周幼清,她开始迷恋在战场上铁骨铮铮的齐宥白,迷恋他挣脱迷茫不忘初心的坚定意志,迷恋他"报君黄金台上意,提携玉龙为君死"的战士精神,迷恋到想正儿八经做个齐宥白的球迷。

就像电影里面说的那样,将军拔剑南天起,我愿做长风绕战旗。

但愿以后的这条路,风不惊你,雨不阻你,伤痛不扰你,流言不伤你。

齐宥白感觉今天自己的状态非常好。

接球的时候预判准确,手法干脆,心里没有顾忌,也不会瞻前顾后做太多无用的思考。他也不知道为什么,即使偶尔有点失神,就算比分被超,心里的感觉还是安稳踏实,不慌不忙的。

余光中观众席上那个模糊的身影,能给他力量,能给他安定。

下半场交换场地,齐宥白和沈从辉在整理完台面之后,不约而同地去裁判席上拿毛巾擦汗。

"你今天有点嗨。"沈从辉气喘吁吁,还不忘撩一把。

"你再不嗨就要被我压着打了。"

"我不会让你在人面前就这么点表现的。"

"求之不得,你别让我赢得太简单。"

"滚。"

比赛结束,周幼清用手机给齐宥白发送了一则"比赛很棒,恭喜进入决赛"的祝贺短信,就跟着大部队一起出了场馆。

离开了拥挤的人潮,周幼清刚好听到口袋里的手机铃声。

"我才换完衣服。你走了吗?"齐宥白似乎走到了一个安静的角落。

"对，今天的比赛很精彩。"

"是吗？"

"对啊，你很棒而且很厉害，我很喜欢。"

喜欢这场比赛，也喜欢比赛中的你。

这个词脱口而出，周幼清说的时候来不及思考。可是片刻之后，她觉得，就算是仔细思考了，她也还是会这么说。

"那我就很开心了。"他的声音中带着满足和欣喜。

回到家，周幼清打开电脑，在视频网站上搜索了今天的比赛回放。有场外嘉宾的解说，她才稍微看得懂这场比赛里面齐宥白和沈从辉的球路和比赛中的心理活动。

齐宥白的球风像他人一样霸道强势，每一拍都很强悍，没有任何技术上的缺点。而沈从辉也越战越勇，打出了他排名世界第四的水平，每一个回球都很有压迫感。

总之两个人实力相当，针尖对麦芒。

听着解说的分析，周幼清想起那时候的自己光紧张地盯着记分牌，根本不知道视频里的运动员当下正进行什么小碎步的步伐调整。

外行看热闹，她只觉得主教练给齐宥白的称号并没有错，他眼神里迸发出的光芒，像是隐藏在黑暗中伺机而动的头狼，凶狠凌厉。

第三局结束，齐宥白依旧以微弱的领先优势拿下了这局比赛。

他回到场边，听着指导教练的分析，离他比较近的机位记录下他抻腰揉右肩膀。在现场，齐宥白的站位是背对着周幼清的，所以她并没有发现当时的齐宥白皱着眉头，表情有点僵硬。

就算是现在比赛已经结束，可看到他这个动作，想起之前他严重到要动手术的肩伤，周幼清的心还是揪在一起。

不知道是不是身上有伤被分散注意力，到第四局中场，齐宥白在这回合以 10:4 领先，但是接下来，被沈从辉连追六个球，一直追平到他的赛点。

视频里的解说在表扬了一波沈从辉后，又恨铁不成钢地批评起齐宥白的失神。

国内比赛有点难为解说嘉宾，因为两边同为国家运动员，都要照顾到。所以说完这个再说另一个，听上去像是嘉宾左右逢迎，忙得不可开交。

齐宥白直起身子，深呼了口气，重新弯腰准备接沈从辉的发球。三个来回之后，球被沈从辉打飞，赛点回到齐宥白这边。

听着视频里的介绍，知道赛点重要性的周幼清，后知后觉地感受到了些微的紧张。好在，最后两个球，齐宥白都完美地拿下。

解说激动地说着不要钱的溢美之词，把齐宥白夸得跟没有任何缺点的机器人战士一样，并且高度表扬了他最后的三个球。什么心理素质强大，发挥稳定，不是所有人都能像他这样处理得这么完美……

看完有点评版本的比赛，周幼清一下子来了灵感，不过时间有点迟了，她先用 Q 版的形式记录下了心里面的画面，然后打开自己许久没有登录的微博。

页面完全加载出来，右上角醒目的消息提示让她感觉到了一丝不寻常。粉丝数量涨得太多，评论和私信也都是数以万计地涌现。

才多少天没上网，怎么觉得世界都变了个样。

周幼清想半天都没想起来先前她是做了什么事，于是忐忑地点开评论想去寻个究竟。

"有谁能八一下，周幺青到底是谁？为什么男乒队的人都关注了她？"

"画了几张图之后，一下子就走上了人生巅峰，问题来了，我现在开始画还来得及吗？"

"PO主好嚣张啊，为什么还不回关？我也想有一次这样子彰显高冷的机会。"

"曾胖主教练都转发微博说感谢博主的手绘，然而惊动了整个乒乓球圈的博主呢！"

……

不用看太多评论，就差不多知道了微博人气爆发的原因。齐宥白和其他乒乓球队员都关注了她，以至于他们的粉丝都在讨论"周幺青"到底是谁。

还好她从来不在微博上放自拍照。虽然她也没什么见不得人，但周幼清还是觉得自己被暴露在了众网友眼皮底下，有点不太适应。暂时忽略自己矫情的想法，她按照粉丝列表，一一关注了国家队的成员，然后谦逊地发了一条感谢微博。

"这个夏天突然开始接触乒乓球，出于对运动员的喜欢，所以才涂了几幅画。都是拙作，感谢大家的喜欢。今天看完比赛之后的灵感

[附图]。"

这波风头还没过,所以微博一发出去,就有好多人在底下评论。

周幼清不用想也知道内容大概都是些什么,兴致缺缺地准备关掉页面。

不过,右下角突然蹦出的一条私信制止了她的动作。

"不开微信不上QQ,你是要上天吗?再不回消息,我就打电话啦。"

这条私信的发信人是周幼清在一鄱文化的责任编辑,编辑名叫作葡萄汁。一个说自己有社交恐惧症的年轻妹子,能在网络上解决的事情,绝对不会用到电话。

所以,对于葡萄汁说要打电话联系她的事情,周幼清一下子提起了好奇心。

她赶紧打开微信,看到葡萄汁确实发送了好多条问她在不在线的消息,她立刻回复说:"我在了。"

"周幺青,你再不来,就错过一次登上人生巅峰的机会了!"显然葡萄汁一直拿着手机在等她的消息。

没过一会儿,她又发来一条信息:"最近乒乓球不是很火吗?我们公司刚和国家乒乓球队谈拢了一个项目,用漫画形式来推广乒乓球运动。漫画!你懂吗!漫画!然后,我们就发现了你!我们的合作画师——周幺青!你说巧不巧!"

"你在我们公司出过绘本,销售成绩很好。又在微博上放过乒乓球运动员的手绘图,你看看,现在网上的反应多热烈!给国家队那边的负责人看了一下,他们也很喜欢你的画风。所以,我们公司决定请你来负责画这个项目。"

一鄱公司最初靠搜索引擎发家,在互联网的市场份额中占着极大一块比例。后来又开发了社交软件、视频、网盘、游戏、音乐、文化出版……这些板块,算得上是国内纳税大户。

周幼清被这个突如其来的好消息砸得眼冒金星。

一鄱和国家队合作的项目,名利双收,不用想也知道是万人争抢的大饼。周幼清相信葡萄汁不会拿这件事情和自己开玩笑,那么,这件好事儿就落到自己头上了,简直不敢相信。

迟迟不见周幼清的回信,葡萄汁细心地给足了她回神的工夫。等确信周幼清消化得差不多了,她才又说:"是不是很惊喜?"

"惊喜来得让我措手不及,这么多年的人品在这一刻爆发了。"

对于她这样的自由职业者,替国家队画漫画这件事本身就像是一个荣誉,给画手生涯镀了一层金。再加上,袁周率在国家队,她就更有足够的理由去看他了。

"那就这么定了。我同城快递寄个合同给你,具体事情国家队那边的负责人会和你接洽。"

Chapter 10
/你呀你，是自在如风的少年/

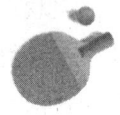

"听说一都要和队里合作推广乒乓球，是邀请的幼清画漫画？"午餐时分，趁着国家队固定出镜的这几位运动员聚在一张餐桌上，程琪问最有可能知道消息的袁周率。

"我也不知道，这个点我姐应该还没醒……"

袁周率还准备说什么，沈从辉挤眉弄眼地接过话头："问小白，小白了解得比较清楚。"

"为什么我姐的事情得问小白哥？"

沈从辉想起来昨天比赛之后忘记给袁周率发消息，正准备传播绯闻的他忽然感受到对面的一记阴森目光，于是快快地选择闭嘴。

伍晏安不声不响地吃掉餐盘里所有的食物，才说："不过昨晚上幼幼姐新传上来的图很好啊，画风可爱轻松，场景又热血，评论里好多人都说很喜欢。不知道她什么时候能画一下我？"

目前为止在周幼清所画的关于乒乓球的几幅图里，都有一席之地的齐宥白并没有接伍晏安的梗。

床头柜上忘记关掉的手机闹钟刹那间响起,惊醒了还在睡梦中的周幼清。她用手撑起上半身,闭着眼迷迷糊糊地摸索着依旧吵闹的手机。

遮光窗帘把外面的光线隔绝得一丝不漏,所以恒温的28℃冷气房间里还是漆黑一片。时间将近中午十二点,周幼清离开床铺,半眯着眼睛来到窗前。她背过身,稍微拉起一点窗帘,让光线照射进来,等到眼睛适应了亮度,再重新把窗帘拉到一边。

留在床上的手机再次响起,这回是电话铃声。

来电显示是陌生号码,周幼清接起电话:"喂,你好?"

"您好,请问是周幼清小姐吗?我是国家乒乓球队宣传部的阮文敏,想和您来谈下我们推广漫画的事情。"

昨晚和葡萄汁的谈话适时在耳边回响,混沌一片的脑子当下就拨云见日地清醒过来:"是是是,您好您好,我是周幼清。早上好啊,您请说。"

对方像是被她这么理直气壮的"早上好"哽了一下,停顿几秒后才说:"是这样的,这个推广项目虽然是我们和一鄱公司合作的,但其实都是与您这边接洽。具体可能就是请您负责画一下我们的运动员,还有一些比赛画面,或者宣传一些乒乓球的基础知识。不知道您这边有什么问题吗?"

三言两语在电话里沟通好了这份工作的细枝末节,正如阮文敏在电话里所说，这个项目工作时间不固定，偶尔请周幼清来训练基地观看运动员的训练日常，跟着运动员一起飞到国外参与比赛期间所有的幕后工作，画一些通俗易懂的乒乓球入门知识等。

自此，周幼清顺理成章地成为国家乒乓球队的一名编外人员。

她第一个任务是给队里的队员们画一个Q版形象，第二个工作是三天后的队内升降赛。

乒乓球队每年都会举办一次队内升降赛，初衷是要在球队内营造一种竞争气氛，让一线队员不能松懈，也给二线队员晋升的机会。而且通过考察运动员在升降赛中的表现，确定他们的训练方向。

能进国家队的运动员，基本上已经是世界顶尖水平。所以，升降赛已经是技术含量很高的比赛。

原先每一场比赛都会有摄像记录，但基本上都不会对外公示录影带。于是这次国家队，就邀请周幼清来观看比赛，并且画出一些条漫。

三天后。

帝都此时的天气已经不像是盛夏时候那般燥热，齐宥白站在训练基地的大门口来回踱步。

熟悉的车身映入眼帘，周幼清停好车，拿过放在副驾驶座位上的好多个装着曲奇的塑料罐，一步步向齐宥白走去。

"怎么是你来带我过去？"

"听上去，你有点不太满意我？"齐宥白开着玩笑。

周幼清翻了个白眼，把手里装着曲奇的袋子递到他面前。

从她接下这个工作之后，一鄱的官方账号就开始对外宣布和国家队合作一个关于乒乓球的漫画项目。而周幼清作为项目的画手，也被隆重介绍了一下。因为被国家队全体成员转发，所以一直不温不火的小透明画手"周幺青"怒增了几万路人粉丝。

因为宣传需要，这几天周幼清根据一线队员们的特点，帮他们画了Q版形象挂在微博上。比如戴着狼头帽的卡通齐宥白、穿得斯文彬彬犹如贵公子的五五身霍思礼、两边腮帮子鼓着的吃货伍晏安……

大概是对队员们先入为主的感受，即使每个卡通版运动员形象发送出去，评论里都一片交口称赞，但他们还是觉得，周幼清把齐宥白画得最可爱。

于是一群打翻了醋坛子的乒乓球国手，在知道需要人来门口接周幼清的时候，都异口同声地把齐宥白推出来。

"今天不是你们的比赛吗？我以为会是其他工作人员来带我过去呢。"

"还没轮到我的比赛。"齐宥白接过她手中的袋子，"走吧，马上就是袁周率的比赛了。"

"袁周率，打得怎么样？"

"很有天分，球感很好，虽然不是用脑子分析打球的那一挂，但直觉很准确，所以处理每个球的时候，都很及时。还有些技术上的薄弱环节，不过没什么大问题。估计这次发挥稳定的话，可以升到一线队。"

到时候，估计姑姑又会在家族群里连发好几个红包了。周幼清想到家里那个无论发生了什么事情都要靠发红包解决的姑姑，面露无奈地笑了起来。

乒乓球训练馆里面分了三个同时进行比赛的区域,每个赛台周围都围着一群教练和队员。

周幼清是来认真工作的。于是一进场,她就收敛了笑容,从包里拿出了画笔和速记本,把多余的东西交给齐宥白保管之后,她就开始奔波在各个赛台之间,取到素材就撤,然后有选择地涂涂写写,写下自己观看比赛而产生的灵感。

已经连赢三场的袁周率结束了今天的比赛,他来到周幼清身边看着她头也不抬地在本子上记下只有她自己可以看得懂的提示词。

"姐,小白哥要上场了,我们快过去占个好位置。"袁周率牵着周幼清的手腕,用蛮力把她拉起来,带到三号台前,"小白哥的对手是一直和他不对盘的李伯良。"

李伯良这个名字,平日里并没有出现在周幼清面前。但因为"国家队里和齐宥白不和"的这个头衔,周幼清还是第一时间就想起了袁周率曾对自己转述过齐宥白和李伯良之间的矛盾。

开局是李伯良发球,不过齐宥白轻而易举地破了他的发球局。周幼清并不能看出他的技术如何,但作为一个能够清晰画出人物心理活动的画手来说,她能感觉到齐宥白的球风还是很霸道凶狠的,李伯良在他面前似乎有点畏惧。

这回置身于专业运动员之中,周幼清仿佛自带了无数种不同模式的赛事分析解说。

"小白哥明显处于上风,李伯良放不开手脚,一直被压着打。"

"他完全摆脱不了小白的影响,一直被动地接着小白打过去的球。"

"哎哟,你看刚才结束的那个球。开始被压在左边球台,暴露出右边这一大块空地,最后小白反手一拧,球就跑到右边去了。"

李伯良深深吸气又呼出,企图压制一下心中害怕的情绪。

这不是他第一次和齐宥白对战,但是之前两人对战给他留下的影响太深刻。直到现在,对面的齐宥白还是像横亘在自己面前的一座高耸入云看不到山顶的巍峨大山一样,不管他怎么攀登,山峦寂静沉默,始终没有露出山顶的模样。

仿佛这座山,有生之年他是怎么都翻越不过去的。

这样子的结论,让人绝望。

所以李伯良更讨厌齐宥白。齐宥白让他对自己的乒乓球技术产生了怀疑。他想着战胜齐宥白,但是又抱着齐宥白是无法被打败的想法。

他知道自己走进了迷宫,焦急地在原地打转,害怕前面是一条死胡同,也害怕前后所有的岔路口都是死路一条,所以他矛盾得手足无措,却又停滞不前。

明白李伯良问题所在的齐宥白,又开始贱兮兮地主动招惹:"李伯良,你就是这样的水平吗?这样子的水准,还不够进一队呀。

"这场比赛看来是道送分题。

"哎呀,你是还没认真起来吗?这比赛打得我好轻松。"

周幼清默默地为李伯良点了三排蜡烛,比赛结束之后,齐宥白要是不被人套麻袋打一顿,真的是老天开眼。

袁周率笑着说："小白哥是在刺激李伯良，希望李伯良能够消除对他过度的防备和害怕。"

所以连袁周率都懂的道理，李伯良又怎么会不知道。

只是比赛快临近尾声，再也不会出现任何意外。

当天晚上，拒绝在国家队食堂用餐的周幼清带回了半个速写本素材，稍微整理了一下内容，就开始在数位板上作图。半个月的工夫，除了中途出门和国家队的主力队员一起录了一次综艺节目之外，其余时间周幼清闭门不出。她一边害怕自己猝死在电脑面前，一边还是顽强地就着记下来的细节，熬夜把脑海中的画面一一呈现在画纸上，然后挂在微博上。

漫画人物有简单的Q版也有相对复杂的立绘，细分出来的场景有热血激荡的写实风格，也有比较萌系可爱的故事条漫，还有一些是抠出来的人物特写。

跳进齐宥白这个坑的周幼清，还假公济私地画了一张精细的齐宥白手绘。

这回是正面图，画里面有两个人。

幼年的齐宥白，站在有他胸口高的球桌前反手准备挥拍，纯净黝黑的瞳孔里只有一个凌空而来的白色小球。而他的身后是一个成年版齐宥白，挥拍的动作比小时候更有力量，但眼神与年少时如出一辙，依旧专注炽烈。

第一次在图上配上曾经在网络上看过的一句话——"出走半生，归来后仍是少年。你呀你，一直都是自在如风的少年。"

这套图对得起周幼清半个月来燃烧的生命，它们一经发布，就受到无数好评，随后铺天盖地地在微博上传播开来，一下子登上热门话题。尤其是齐宥白的那张幼时成年图，这应该不算卖情怀，但情感丰富的球迷们就是被那句看似矫情的配文给戳中了，转发微博的同时纷纷都借用了那句"归来后仍是少年"的话。

葡萄汁第一时间发来贺电，说国家队对这套图的宣传效果很满意，和一鄱公司商量着要把这些收集起来放在以后要出的绘本上。

她作为周幼清的责编，顺便还夹带了一些八卦问题，比如说——

"你是不是齐宥白的迷妹啊？"

"这不是很明显吗？我之前就放过齐宥白的图啊。"

"哦，你现在画齐宥白画得也最用心。"

"这样啊，那我以后画其他人的时候，也注意一碗水端平。"周幼清不知道为什么葡萄汁会这么说，却也还是认真地检讨。

葡萄汁迟疑了片刻，最后还是决定把自己刚才看到的评论转述出来："现在已经有其他家球迷说，你的立场不客观，画其他人不走心。"

被说立场不客观的周幼清顿觉冤枉："我走肾了行不行？虽然，我确实有点自带粉丝滤镜，画齐宥白的时候更加有热情，但我也喜欢国家队的其他人啊，其他人的图我画得也很认真的，好不好？"

国家队的每个人都很可爱，周幼清在画的过程中，也尽量凸显出每个人的性格特征，以及在球场上那种舍我其谁的自信。敲定布局，描绘线条，包括后期的配色她都花了十二万分的心血。

"别人都说人红是非多,你这还没大红大紫,就已经有被黑的潜质了。"葡萄汁犀利地补了一刀,"看来你也是招黑体质嘛。"

周幼清唉声叹气:"被你说得我不敢红了。"

这厢,"网瘾少年"程琪是主力队员里面第一个看到这组图的人。他在训练结束后,从包里翻出手机习惯性地点开微博,查看粉丝们给他的留言。一打开软件就看到他的这个账号收到无数私信,点开消息提醒才发现是周幼清画了新图。

将九张图每一张都放大,他摸着下巴细细端详起图中的人物。身姿矫健,气势磅礴,请原谅一个从小进了体校文化课成绩不高的人只能想出这两个成语来形容自己。

程琪满意地保存了这九张照片,重新进入周幼清的微博主页,查看其他队友的手绘图。

"啧,伍晏安小胖子根本没自己帅气;沈从辉的这个接球动作看着挺厉害的,不过也没自己的那么飒爽;霍小队,嗯,和自己勉勉强强有得一拼……"程琪快速地浏览,在心底默默地把眼前的这些图和自己的作对比,得出的结论让他满面笑容。只不过他还没开心多久,脸上的表情又变得迟疑起来,纠结再三还是有些不确定。

"琪哥,你在干吗?"沈从辉发现程琪一个人躲在角落里面鬼鬼祟祟,于是三步并作两步地跑过来,从程琪背后探出脑袋张望他手里的手机。

"你觉得这张和这张比,哪张人更帅?"程琪拿出来的是齐宥白的幼时成年图和一张他个人最满意的他自己的图。

心大的沈从辉没有发觉程琪期待的眼神,连一秒钟的怀疑都没有,直接开口:"肯定是小白啊。"说完他还招呼不远处的齐宥白,"小白,你过来看,幼清新画的图。"

听到最后几个字的齐宥白,脚步微顿,那边的程琪已经开始满场追着沈从辉打。齐宥白见状嫌弃地摇摇头,拿着毛巾擦着濡湿的头发,继续走向休息区,他从包里拿出手机,手指轻触几下,手机相册就多出了一张图片。

齐宥白有一刹那的晃神,像是找到了一把钥匙,打开尘封许久,已经落满一层灰的木盒子,而后,里面已经变成黑白的照片慢慢被上色,被还原。

在他从小所接受的教育里,"向前看"三个字是齐宥白听得最多的。勇往直前、力争上游,是大家心目中比生命更重要的信仰。

时间太匆匆,他不敢懈怠,也不敢回头,生怕被留在原地的是他自己。于是,少不更事的懵懂和轻狂,曾经经历的低谷和迷茫,即便是实实在在地发生,也都被他扔在脑后。

而如今,过去的被抛在身后的齐宥白像是跨过时间长河,一下子跃到自己面前说,他也一样,从来都知道自己要去的是哪里,要走的是哪条路。

仿佛,多出了一个人,增添了一份力量,陪他一起走接下去的路。

"谢谢。晚上看综艺吗?"

忙活大半个月,有朝一日无债一身轻的周幼清,早已拉起窗帘,在暗黑得不见五指的卧室里悄然入睡。来自于齐宥白的信息使她放在枕边的手机无声地亮起又黑掉。

她全然不知,窗外的世界,因为她,即将掀起一阵狂风骤雨。

Chapter 11
/ 谨代表柚子全体上下感谢周幼清 /

周幼清在画图的半个月里,被拎出去跟着国家乒乓球男队的三位主力——霍思礼、程琪和齐宥白一块录制了一期综艺节目。

节目的放送时间在节目组和国家队的协商下,被特地安排在这周,配合周幼清的这套图播出。这么做的原因,是大家担心周幼清的漫画效果不尽如人意,综艺节目可以帮忙推动话题。

然而,现在所有人都觉得自己想多了。

晚上七点半,综艺节目在电视频道和一鄱网站上同步播出。

这个节目是国内收视率最高的综艺节目,主持团队有三个人,两男一女。每期都会有一个主题,这次的主题是"国球与国手"。一听这个主题,就知道周幼清是顺带的那个。

照着台本顺序,霍思礼、程琪和齐宥白三人在主持人说完开场词之后上台。舞台上烟雾缭绕,三个挺括的身影背着光站在朦胧的薄雾之中。只是这样子模糊了轮廓的身形,就足以让现场的观众们使劲尖叫鼓掌,一阵高过一阵地喊着他们三人的名字。全场的气氛在这一刻达到至高点。

网站的视频页面上,在这一瞬间被网友们刷起满屏的弹幕。

"程琪老大哥居然走在中间。我打赌,这一定是他抢的位置。"

"用身高一眼锁定我小白哥。"

"虽然烟雾很大,但你们看,小白哥的荧光绿鞋子在发亮。"

"霍队几十年如一日的发型,等等,我也就去年才认识他,为什么会说几十年如一日?"

……

网友们在尽情地发挥自己的段子手功底,电视里的主持人已经介绍完国家队的三位主力队员,开始聊其他话题。

"听说,你们最近在网络上很火?"主持人 A 抛出一个鱼饵。

程琪拿起话筒:"我们每天都很火,没错,不过,最近好像快火到二次元了。"

"怎么回事呢?"

"很多朋友应该都知道,我们队里一直在做乒乓球的推广活动,现在还跟一鄱公司合作出漫画,接下去会不定时推出有关于乒乓的漫画。"

背后的大屏幕适时地放映着周幼清之前 PO 在微博上的手绘图。台下不管看过或没看过的粉丝都给面子地发出赞叹声,一张图配合一道惊呼,夸张得让台上的嘉宾很受用,连齐宥白这个在外人面前没什么表情的人,都笑得合不上嘴。

直到最后一张图出现,主持人A接着说:"今天呢,我们也请到了这些让大家发出赞叹声的图画原创者——周幼清小姐。有请幼清。"

大屏幕向两边缓缓分开,从里面走出来的周幼清穿着一袭无袖修身小礼裙。

按节目一贯的效果,只要有漂亮女嘉宾上台,主持人B都会殷勤地鞍前马后。这次也不例外,只是,他正准备跑过去迎接,就看见有一道身影捷足先登,率先走到周幼清的身边。

场下的观众激动得又发出一阵尖叫,齐宥白这样子一点都不符合他平时的人设。她们从来没有看过齐宥白对哪个妹子这么积极主动过!

齐宥白对观众的反应置若罔闻,他伸出右手,邀请周幼清把手搭在他的掌心,而后放缓脚步,细心地照顾她穿高跟鞋的不方便。

"我大直男齐宥白都能这么细心了?简直不敢相信。"

"要不是他脚上的那双小绿鞋,我以为他是其他同名同姓的人。"

"春天都已经过了,小白哥这苗头有点不对啊。"

齐宥白的粉丝叫作"柚子",成员的年龄层基本上都不大却个个都自认是"一片丹心向宥白"的亲妈粉,算得上是运动员粉丝中的一股清流。

柚子们平时称呼齐宥白为"小白哥",人称代词上会用"您"。遵守着"盲目听从齐宥白"的原则,全心全意支持他的比赛和参加的综艺节目，如果有需要粉丝投票的环节，不刷票、不买票真诚地帮齐宥白检验实际人气。万一和其他家粉丝有一言不合的情况，不吵架不撕逼，用"懒得动手和你们吵吵"的态度跟着齐宥白一起做公益，祈祷他远离流言利剑。

因为是真心喜欢着他，所以也自发地维护这个粉丝群体的纪律。该应援的时候热情应援，该噤声的时候保持安静。

这群粉丝替齐宥白圈了不少路人的好感。

网上的柚子们努力地调侃齐宥白，而现场目睹他微笑着牵着人手的球迷们内心情绪复杂。

怎么办，我的偶像看上去是要脱单的前奏？而我似乎有种"儿大不由娘"的失落，也有"自家的猪终于要去拱别人家的白菜"的欣慰。

这样子复杂的心情，似乎只能靠着喊"齐宥白"三个字来发泄。

如果不是这铺天盖地的"齐宥白"呐喊声，恐怕很难想象到一个体育运动员可以这么受欢迎。周幼清见识过千人为他呐喊的场面，她余光瞥向齐宥白，他眉目舒展，嘴角微微上扬，一如往常，神情随和地朝着粉丝们挥手。

周幼清被齐宥白带到台前，站在主持人身边，按照录制前对好的台词本，跟主持人和观众们打了招呼。

"欢迎幼清。"因为并没有齐宥白去迎接周幼清的设定，主持人也把握不好现在的情况到底怎样。

主持人A只能拿出自己多年的经验，先转移目标对搭档说："小B啊，你今天居然被我们的嘉宾抢先了。"

"是是，我真的太没用了。"主持人B一脸惭愧地低头，"之后我会努力的。"

霍思礼身为队长，在关键时候代表官方站出来解释缘由："幼清是我们的宣传大使，照顾她是我们应该做的。"

一句话让这一茬轻轻揭过，节目组的工作人员已经在台上摆好椅子，所有人分别落座。

周幼清因为今天的短裙造型，有点不太方便，只能侧着身子。落座途中，全场观众又躁动起来，她好奇地准备抬头，身前忽然出现一件原本穿在齐宥白身上的西装外套。

刹那间心里一阵感动，周幼清自然地接过衣服盖在自己腿上。

霍思礼和程琪见状，作势也要脱下自己的衣服给周幼清盖着，被齐宥白一个眼刀制止。麦克风里面程琪的声音传到现场的每一位观众耳朵里，他说："输了输了，在绅士风度这一点上，我又输给小白了。"

观众们因为他的碎碎念陷入哄堂大笑，只有霍思礼和程琪知道，齐宥白做造型的时候，说担心台上冷气有点足，所以一定要服装师帮他们三个人搭一件西装外套。

现在他们总算明白了这件外套的正确用法。

电脑屏幕前收看节目的一拨人，跑到了主教练曾凡国的微博底下，留言控诉齐宥白无端端地在撩妹，另一拨人开始搜索"周幼清"。

画面里的节目主持都是身经百战的老油条，看到这个场景自然没有放过，立马就开始制造节目里面的话题，纷纷打趣，表情暧昧地齐声发出"哎哟哟"的调戏。

而两个当事人，一个正襟危坐，像是没给出自己的外套；一个目光微敛，若无其事地看向地板。

"这张图，应该是挺早之前画的吧？"

刚才最后一张定格在大屏幕上的图片，是周幼清与齐宥白机场初见之后，她回去画的图。荧光小绿鞋依旧抢眼。

短短三个月的时光打散成碎片，被人安排着倒叙在眼前。周幼清的思绪也跟着被整理得有条不紊。她轻轻点头："是有一次在机场遇到国家队外出比赛，然后齐……小白哥还给我签过名，所以回来之后我就画了这张图。"

话到嘴边，觉得直接喊"齐宥白"三个字太生硬，电光石火之间，把袁周率经常在她耳边提及的"小白哥"拿来用。

注意到一旁投来的视线，她侧头挑眉，无声地问齐宥白有什么事，四目相对，两个人相视而笑的画面被镜头捕捉到。

"齐宥白今天本来是打算穿着一双黑色运动鞋，因为我们说网上大家都在讨论他的荧光绿鞋子，所以他特地换了鞋子。"

主持人C这么一说，观众的焦点在一瞬间被转移到他的脚上。

齐宥白的荧光小绿鞋出现在各种场合中，所以在网上备受关注，现在已然成了他鲜明的个人特色的一部分，连某网购平台都出了很多齐宥白同款。

周幼清最开始嫌弃亮瞎眼的荧光色，但后来成为齐宥白的粉丝之后，连审美都被带到了坑里，居然觉得荧光绿也很可爱。

霍思礼在这时微笑着爆料:"因为我和小白从小就一起进国家队,所以很多球迷朋友在我微博下问我小白到底有没有洁癖,为什么他经常穿同一双鞋子?其实小白不是没有换过鞋。这双鞋他一模一样的有三十来双。就是因为很合脚,所以他一口气让厂商给他做了这么多。"

后期字幕被打在屏幕上,调皮地说:"真直男作风,豪迈大方,散发着暴发户气息。"

话题轮了一圈,又重新回到周幼清身上。

主持人C在问这个问题的时候,不自觉地把眼睛瞥向一旁:"据知情人士说,我们幼清是宥白的球迷,这是不是真的?"

一旁的知情人士程琪觉得他做了一件深藏功与名的事情,自豪地挺直背,一副"我要求表扬"的骄傲表情,结果收获了齐宥白和霍思礼的双重白眼。

虽然一直被齐宥白误会自己是他的球迷,但周幼清从来没在他面前真正承认过自己的这一身份。这个问题在节目录制前,主持人和她有对过台本,但当时并没有齐宥白在场,她也没有现在油然而生的羞涩之情。可既然被询问了,周幼清的目光不敢投向齐宥白一侧,只能假装大方地点点头:"是真的,我是柚子呢。"

"柚子?"齐宥白重复着。

"对啊,你粉丝的名称啊。"

不遑多说,台下到场的齐宥白的球迷,挥舞着自己手中的应援物。这是她们第一次从齐宥白嘴里听到"柚子"这个词。代表着她们这个群体的名称被她们最爱的人脱口而出,幸福感像翻滚而来的潮水,拍打在礁石上面，变成一朵朵雪白的浪花在所有人的脑海中炸开。

＃谨代表柚子全体上下感谢周幼清＃这个话题在微博热搜榜上冉冉升起。

齐宥白双手环胸，不知道是因为得知了喜欢他的粉丝名，还是因为听到周幼清说她是柚子群体的一员，总之，他下颌得意地向上微抬，像是一个即将要向同学们炫耀自己新礼物的幼稚园小朋友。

"那宥白，知不知道幼清是你的球迷呢？"

第一次见面就自作主张地把周幼清归为自己的球迷，齐宥白怎么能不知道？他点头："我们队都知道。"

"之前有没有给你这位球迷什么粉丝福利呢？"

"好像并没有什么粉丝福利。"齐宥白配合地皱紧眉头，"不过有机会就多照顾一点，像刚才那样子。"

他说得轻巧，但习惯对自己偶像的话揉碎了听的粉丝们，却觉得齐宥白是在对她们解释刚才给周幼清递衣服的举动。

采访按部就班地进行着，周幼清本来就是一个小透明画手，就算是搭上了国家队这条大船，分量也没有多重。所以采访的部分主要还是集中在齐宥白他们这些世界冠军身上。

她端正地坐在主持人中间，偶尔有抛给她的问题，就无功无过地回答着。其余时间她一心负责做个安静如花的美少女，一个除了微笑就鲜有其他表情的美少女。毕竟，大家都是见识过网络表情包的人。

她和在场的所有人一样，认真地听他们三个人的互怼问答。

齐宥白:"最近确实娱乐活动比较多,但这都是国家队的需要。我还是会以打球为重,毕竟我只是个运动员。"

程琪:"前段时间,齐宥白一回来就补训。我们这些已经完成每天训练量的人就在旁边看着,刚好被曾指导逮到,他说我们既然无聊,就跟着一起继续练吧。于是,我们所有人莫名其妙地跟小白一起训练了。"

齐宥白:"琪哥在网上不如以前活泼?这正常,自从我们曾指导开微博之后,他的风头就被抢了。"

霍思礼:"直播?有的,我们队里和一个App刚签约,以后每个运动员身上都有直播任务。"

齐宥白:"最主要的是备战接下来的世界杯。"

齐宥白声线低缓,字字都暗藏着张力,说得不多,可寥寥几字都能让人轻而易举地感受到他对乒乓球的热爱,以及对他本职工作的清晰认知。

他思考问题的时候敛目垂眸,浓密的睫毛遮挡住眼帘中的情绪,舞台上的灯束从四面八方投在齐宥白身上,凌厉的侧脸轮廓在光晕里变得柔和无害。现在的他似乎脱下战袍,又变成普罗大众中平凡却耀眼的一员。

Chapter 12
/ 被乒乓球耽误的影帝 /

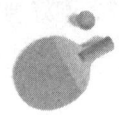

节目进行到一半,几个幕后人员搬了一张乒乓球桌上台,安放好之后又利索地下场。

主持人A说:"我们编导说,既然世界冠军今天到了我们节目,那就一定要给大家露一手。现在球桌都搬上场了,那你们谁先来?"

上场前已经分配好顺序,霍思礼和程琪扭头对视,双双站起身,分别站在球桌两端,拿着球拍开始表演花式接球。这是近些年来,国家队成员人手必备的技能,也是对外推广乒乓球运动时的一项保留节目。

台下观众掌声轰鸣。总之,全靠主教练平时教育得好。

程琪和霍思礼两人已经熟练地走了一遍花式接球的流程,坐着接球,手从背后绕过接球,围着球桌互相换位置接球,还一边接球,一边移动到台下观众席上。

"两街头卖艺青年"完美演绎花式乒乓球的同时,齐宥白和周幼清交头接耳小声讨论着什么东西。

"你也会这些？我以前看过花式篮球，第一次知道乒乓球也有花式打法。"

"没办法，出去推广活动的时候，总得想些吸引大家眼球的招式。要不然，比赛太枯燥，观众一下子就没兴趣看了。"齐宥白附在她耳边解释完了，还不忘拆队友的台，"你感兴趣的话，下次我打给你看。我比他们打得有技巧多了。"

这都能有优越感，周幼清对上性格成谜的齐宥白，只能捧场地点头。

不过身为世界冠军却还得想办法去吸引大家眼球，这种事情想想都觉得凄凉。然而，乒乓球的现状就是这么尴尬。

她曾经看过曾凡国的一则采访。他说："现在人们对乒乓球的印象仅仅是'国球'的模糊概念，除了知道乒乓球比赛，国家一定会赢之外，他们再也没稍微多一些的了解。比赛赢了，大家觉得正常，因为我们国家队很厉害，可一旦输了，就是众口铄金的下场。"

"你们要加油，我就是因为你们才开始了解乒乓球的。"

或许，你们还没有感受过语言的力量！

它像是涓涓细流温润无声，经年之后你才发觉水滴石穿的可怕；它也像是蕴藏着爆发力的江河浩海，只要亚马逊里的蝴蝶一扇动翅膀，就会席卷起摧枯拉朽的海啸。

如同周幼清的这句话，一字一句，都能引发一场蝴蝶效应。

齐宥白回过头，脸上的笑容光芒四射。

霍思礼和程琪一下场，齐宥白就被请过去和主持人打一场特殊的对抗赛。

主持人B说自己从小就开始学乒乓球，后来因为专注学业的关系，才放弃自己的乒乓之梦。没有当上一个职业运动员是他一直以来的遗憾，所以现在趁着有机会，就向齐宥白讨教一场。

这话说得没毛病。

不过到底是业余爱好者和世界冠军的比赛，为了保持这场比赛的相对公平，节目组给齐宥白提供的球拍是比正常规格小了一圈，而且中间被挖空了一个洞。

在主持人全方位给大家展示了一下特制球拍之后，周幼清不禁说道："这也太难了吧。齐宥白事先练过吗？"

霍思礼摇头，轻声说："流程只说小白要和主持人打一局，没提到球拍的问题。不过也别太担心，小白的水平，拿小勺子都能回个球。"

周幼清没听进后面的话，胡乱地点点头，双眼紧盯着齐宥白。

球拍一拿到手，饶是齐宥白，也哭笑不得地对着话筒感慨说佩服挖空心思要给他增加难度的节目组。看到齐宥白面露难色，好吧，暂时不知道这个外露的表情到底是不是烟幕弹，不过主持团还是稍微地放下心。主持人问："之前新闻说，国家队的运动员可以感受到乒乓球0.001g的重量差别，这件事情是真的吗？"

齐宥白点头，一副帝都老爷们儿的语气，浑然不在意地说："吃饭的家伙什，当然得清楚。"

他们十几年如一日地每天训练十个小时，基本上左手不离球，右手不离拍，这两样东西的轻重大小就算改变一点点都能有感觉。

就是因为这样，第一场比赛的时候，齐宥白连失了三个球。乒乓球不是擦着球拍边过的，就是从正中间挖空的地方穿过。

他停下来，调整好这个诡异的新球拍给自己的感觉。在球场上牛气冲天的人要是折在这个拍子上，回去就能被那群天天瞪着抓自己小辫子的队友怼死。而且，这场综艺节目在电视上播出去，教练们肯定会关注，要是看到自己连一个普通人都赢不下，是不是又得被教育一小时？

也许是有了深爱着的国家队全体同仁的鞭策，齐宥白在第四个球的时候终于击回去，然而却是出了界。

一向讲究节目效果的主持人在球桌那一头假装生气地摔拍："我们编导太可恨了！能不能把宥白的拍给换回来！让我的球技在全国观众面前露一手好！不！好！"

这个 × 装得有点过分，听起来像是说齐宥白球技不够好，换个球拍就不能打球。

见不得别人说齐宥白不好的周幼清愤愤不平地把眼刀飞向主持人，我们齐宥白用一根小拇指头就能分分钟教你做人好不好！这年头怎么什么人都能当主持人？之前还没发现，现在怎么看怎么觉得他丑人多作怪。

齐宥白："行，下个球就让你发挥，你好好把握机会。"

"嘿嘿，这轮结束之后，我是不是可以出门就说，我是赢了世界冠军的人？"还没有看到结果，主持人B在球桌那头开始嘚瑟。就算是没有赢，在世界冠军手底下拿了5分，虽然是用了点小手段，也是很值得自豪的事情。

另外一边和周幼清一同在旁观围观的主持A，拿着话筒递到采访之后就安静地当个背景板的周幼清面前："你要不要帮你偶像加加油？"

为齐宥白憋着一肚子气的周幼清想了想说："还是不了。"

"为什么？"

"我怕主持人等下输得太难看，所以还是不帮偶像加油了。"

直抒胸臆的周幼清丝毫不在意主持人的变脸，她不怕得罪人，所以看似开玩笑，但实则是说出了真心话。柚子们听完之后，立马给她鼓掌叫好，用掌声来为她撑腰。

齐宥白歪头望向周幼清，不断眨眼来遮蔽瞳孔中复杂的神采。

从他开始为国征战被大家耳熟能详以来，和鲜花掌声相伴而来的是诋毁和脏水。他自认是铮铮铁骨的男子汉，也因为性格刚烈、内心强大，无论是多大的风浪，他依然站得身姿挺拔，活得坚韧挺拔。久而久之，旁人都相信齐宥白能够妥善面对所有的讥讽和伤害，连他自己都差点觉得，他不在乎遇到的恶意。

人生路途，充满不可预料，就像是走在迷雾里，分不清任何方向，谁也不知道前路到底是断崖残壁还是坦途大道。而不论脚下现在是泥泞深渊还是鲜花夹道，他只能坚定地一步一步朝前走，朝着光亮处前行。

他像是被一望无际的海域包围住的孤岛,如今暖流途经,顺着脉络流淌,平缓地弥漫到全身的每一处细枝末节。

"我小白哥一直眨眼的表情不要太乖。"粉丝们嘤嘤嘤地有些心疼被感动到的齐宥白。

他外冷内热,并不会说太多解剖内心的话,但平时对人的照顾,粉丝们全都可以感受到,正因为如此,她们才更心疼这样子的齐宥白。

接下去的时间,齐宥白画风突变,不论是发球还是回击,都干脆利落地单方面碾压,场面一下子翻转。直到最后一个球,他明明可以接到,但却很做作地失误。任谁都看得出来,他是特地放水。

柚子们捂嘴偷笑,觉得这样子故意打人脸的齐宥白太可爱。

他啊,是被乒乓球耽误的影帝。

最后的环节,是齐宥白和霍思礼各自选一名球迷朋友上台,教他们怎么打乒乓球。

霍思礼随机挑了一位男观众,而齐宥白,因为被场下过于明亮的眼神注视,一下子不知道该选谁作为临时学生。

余光瞥见一旁作壁上观的周幼清,他灵机一动回头问主持人:"不是说选我的粉丝吗?台上正好站着一位我的粉丝,那就让幼清来吧,大家同意吧?"

说最后的这句话时,他特意转身面向观众席。

被"爱豆"这么温柔呼唤的周幼清算是走上了粉丝界的人生巅峰,观众席位上的柚子们满心的羡慕嫉妒恨。然而,还能怎样呢?大家都秉承着"齐宥白说什么都对,就算不对,也要违心参照第一条"的原则,即使心里不答应,可面对他期待的眼神,也说不出拒绝的话来,只恨自己不是姓周名幼清的那个人。

在全场人的瞩目下,周幼清就这么被赶鸭子上架地站在了齐宥白身边。

主持人A问男观众和周幼清:"你们会打乒乓球吗?"

周幼清摇头,而另外那名观众说:"大学体育课有上过选修课。"

"那么,你们今天走运了,可以接受世界冠军的指导。"

站在旁边的齐宥白不置可否,拿起球台上节目组替换回来的正常球拍,把其中一个递给周幼清,然后毫不扭捏地站在她身后,前胸和周幼清的后背小心地保持着一拳头的距离。

齐宥白183cm的个头,下巴刚好可以抵在周幼清头顶。一人剑眉星目气魄锋利,另一人身姿娇弱被虚纳入怀,刚柔并济的画面播出去就能让一大拨CP粉春风吹又生。

他稍稍弓背弯腰,头刚好贴在周幼清的右脸一侧。虽然两人之间相隔的空间加大,可是他的呼吸声离周幼清更近,温热的鼻息呼在她的左耳郭,让人战栗的酥麻感觉让她的耳垂迅速染红,变得粉粉嫩嫩的。

而齐宥白完全没有察觉到周幼清已经发散的思维,依旧不苟言笑,严肃认真地教导,示意周幼清看他的右手握拍姿势:"先学握拍,你像我这么握着。"

"这样子吗?"

"对。握紧球拍，然后挥拍的时候，手臂用力。"说完，他就像是平时教导其他人那样子，一把握住周幼清的手腕，教她怎么发力。

齐宥白目光坦荡，心无旁骛，但在别人和周幼清的眼里，这样的行为已经算是亲密的举动。

对齐宥白知根知底的霍思礼一看，无奈地摇头叹气。乒乓球的教学过程中，难免会发生些肢体接触，为了不引起误会，所以他才特地挑了一位男观众上台。而齐宥白，心大得完全想不到这方面。

周幼清检验了一条生理现象——屏蔽了视觉和听觉，触觉会更加敏锐。

因为此时，主持人透过话筒传出来的声音、台下的应援讨论声、球桌对面球拍和球的碰撞声、耳边齐宥白的悉心教导……她全听不见。满目茫然，只有被齐宥白握住的手腕，烫得像是附上一圈磁铁，吸引她全副心神。

长期拿着球拍训练，齐宥白的指腹长着一层薄茧，摸起来的感觉粗粝厚重可是却能让人安心。他的手指修长，骨节分明却不突兀，是可以拿出去给"晒手福利"微博投稿的那种好看类型。

舞台上的灯光打得有点太足，周幼清也不知道是光线让舞台太热的原因还是身后十厘米距离的发热源太强大，她感觉到浑身发热，最明显的表现是前额正沁出些微的薄汗。

现在的镜头画质太高清，相信之后播出的画面，很容易就捕捉到她微红的脸颊。

"我现在教你怎么去发球。"身后的声音在这时响起，提醒周幼清接下来他的动作。

周幼清睫毛乱颤,努力让自己的心思集中在打球这件正经事上。她调整呼吸,放松身体,右手松弛,跟着齐宥白的带领去发力。

自然,她的手臂肌肉的收缩松弛都可以被齐宥白感知到她的配合。这不免让他抽空又扫了一眼周幼清的侧脸:"很热?"

"灯光打得有点强。"

"哦,怪不得你脸红,"齐宥白接着回归正题,"球拍握紧,身体前倾,重心往前移动落在前脚掌……"

没有话筒,这段对话自然也没有被观众听到,只有一旁耳闻全过程的程琪对直男神经发达的齐宥白翻了个白眼。

双方正式开球,男性观众原本就有点基础,加上运动神经较发达,已经初步上手。而周幼清,前期学习没有认真听讲,全靠齐宥白的带动,现在完全没有招架之力。

主持人看到比分一边倒,不想最后的结果太难看,忙对齐宥白说:"宥白要不要去帮忙?我觉得幼清还可以再拯救一下。"

齐宥白早就已经迫不及待地想为自己的临时学生挽回点颜面,听到主持人的话,立马重新站在周幼清身后,照旧保持一拳的距离,右手握着周幼清的手腕。

对面的球飞过来,轻碰桌面又迅速弹起,周幼清平时死宅又缺少运动,没有要动起来的意识,也完全不是可以跑跑跳跳的类型,自然要齐宥白去带着她改变位置。

当他加大一些力度,带着周幼清后移的时候,她一个踉跄跌入齐宥白的怀里。他身上有股清新好闻的水果香味,可能是他的沐浴露味道。为了帮她站稳身姿,齐宥白的左手扶着周幼清的左肩,而他自己似乎没有注意到这个细节。

"击掌。"

"嗯?"周幼清还沉浸在齐宥白怀抱里的香味中,对这个手势一头雾水。

"赢球了啊。"

她举起手,轻轻触碰了齐宥白的掌心。

Chapter 13
/ 那么,是的,周幼清,我喜欢你 /

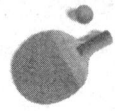

这期节目播放完之后,网上的反响已经越发热烈。

直观表现是,齐宥白、霍思礼、程琪连带着周幼清的微博粉丝数和评论量都在增长。

一个半小时的节目,里面的每个细节都被大家拿出来放大研究。

程琪和霍思礼表演的花式乒乓。

网友们跑到这两人的微博下面说:"哦,你们又被主教练派出去卖艺博眼球啦。这是给你们的打赏。"这样子的调侃并没有什么恶意,反而是人们体谅程琪和霍思礼为了推广乒乓球付出的苦心。

齐宥白从不习惯特制球拍,到后来还有余力给主持人让一个球。

网友们又去齐宥白的微博主页下留言:"果然打乒乓的都是大魔王。"

语气充满骄傲和自豪,也掺和着由衷的佩服,因为他们知道这份强大背后所掩盖的汗水和努力,好比乒乓队队歌里的一句歌词:"功夫练到二八年上，风雨来去也乒乓。"

自然，节目中齐宥白对周幼清的细心关照，偶尔两人的交头接耳，以及后来的手把手教学更不会被球迷们放过。

最初，大家觉得周幼清是齐宥白的球迷，所有人都知道，齐宥白对自己的球迷会多加照顾。节目越到最后，越来越多的人觉得，除了周幼清，还有哪个球迷能享受齐宥白这么无微不至的关怀？不会是两个人有情况？

齐宥白的"柚子"，多半是他复出后新加入的女球迷。可能是因为他的颜值，也可能是被他某一场比赛中所迸发的荷尔蒙吸引，或者是被网络中的饭制视频圈粉。

年龄层普遍年轻，有些人理智地认为，偶像的私生活和她们无关。但还有一拨人却反对齐宥白被某个人占据，即使明知道齐宥白不属于她们。

渐渐地，网上的声音被带偏，人流涌到周幼清的微博里去，一时间出现了无数的质问、警告、谩骂、抹黑……

周幼清是被唐越的电话吵醒的，在网上的事情发酵了三小时之后。

"喂。"眼皮沉重得抬不起来，她的声带因为刚刚睡醒并没有舒展开，声音从嗓子里挤出来，软软地飘在半空中。

"幼幼。"

"嗯？"她意识还未回笼，所以并没有察觉到唐越嗓音里的涩哑。

唐越参加完周幼清的生日宴后就被导师拎到实验室里蹲了个把月之久，重见天日的今天早上，在食堂里听到隔壁桌几位同学的饭后闲谈，讨论声中的"周幼清"三个字敲开了他因为连续运转几个通宵而混沌的大脑。

放下筷子，他迅速申请账号，在周幼清满目疮痍的微博下，一条一条地把所有说她不好的微博都辩驳回去。很少用社交软件的唐越，想不明白，在这个不需要实名认证的虚拟网络中，为什么会有那么多人凭着只言片语，就能轻易去审判陌生人的罪名，把她钉死在污名榜上。

他眼睛胀得通红，被屏幕里的污言秽语气得双手发抖。他心疼无端被泼脏水的周幼清，也憎恶不分缘由使用语言暴力陌生人的网民，还……

是，他还迁怒于给周幼清带来这一切是非的齐宥白。

他自小喜欢周幼清，喜欢得想为她开辟一方小天地，里面阳光和煦，无风无雨。喜欢得，明知周幼清只把他当弟弟，一切都是他自作多情，也无所谓。就算她以后身边的人不是他，只要她开心就好。

当他听到电话里周幼清软糯的声音，心绪忽然就平静下来，他隐下原本在嘴边即将脱口而出的话，说："没什么。就是想约你出来吃饭。"

"不去。"周幼清的语气里有着被人打断睡眠的烦躁，"我继续睡了，挂了。"

为了不被人打扰，她还特地眯着眼睛，把手机调成飞行模式。

唐越轻笑了一声，对着电话里的忙音说："好梦。"收回因为在键盘上敲打了若干小时而有些酸痛的手指，又重新拨通袁周率的号码。

而这头，补足睡眠的周幼清再次醒来，关闭飞行模式之后，马上就有一个电话进来。

一接起来，那头的人噼里啪啦把想说的话全都倒出来："幼清？你在看微博吗？你这个黑红的女主角完全没出场啊。"

"你在说什么？"周幼清把手机从耳边移开，看了一眼屏幕的陌生电话，加了一句，"请问你是？"

"我是葡萄汁啦。你刚在干吗？电话也打不进。"

"一直在睡觉，刚刚才睡醒。"

葡萄汁开始给她介绍起事情的始末："齐宥白的一些粉丝看了你参加的那期综艺节目，认为你在勾引他们的偶像，就集中火力对付你。反正她们火气很大，起先在你微博底下说的话也都很难听。然后，我们公司这边打电话给国家队那边，让他们出来帮忙辟谣。没想到，后来齐宥白连续发微博，说得很直白很解气，也很有担当。"

周幼清打开电脑，在微博上搜索齐宥白。

他连着发了三条微博。

"周幼清是我的球迷，也是我的朋友，请大家立即停止对她的所有诋毁。"

"我不是明星，别拿娱乐圈的那套来对我和我的朋友。我也从来没承认过你们是我的粉丝，也请别打着为我好的名义去伤害我的朋友。我只要对得起国家，对得起教练，对得起自己就问心无愧。其他人的情绪，我并没有责任去关心。"

"我跟不跟谁在一起和你们有什么关系？反正我也不会和你们谈

恋爱。"

　　发完微博,齐宥白脸色依旧很难看,倒在床上,眼神冷峻,瞳孔里像是藏着两座屹立了万年的冰山。第十五次在手机上拨出一串数字,然而重复了十五次的机械女声让他异常暴躁,齐宥白从抿成一条线的薄唇挤出一句话:"真是傻。"

　　这是在骂他自己,也是在骂这场荒唐的闹剧。

　　教人打乒乓球,这是他做过无数次的事情,不管这个教的对象是周幼清还是其他人,外行入门学乒乓球肯定要手把手教着,这在他看来是件很正常的事情。

　　可就是这么一件习以为常的事情,却在网络上给周幼清带来一场灾难。

　　他现在心乱如麻,满脑子都是周幼清。

　　她有没有看到网上的这些刀锋利剑,会不会被伤到⋯⋯就算是这么随便想想,也会害怕,他怕看到周幼清的脸上不是往日里的浅笑盈盈。

　　想了一会儿,他又起身穿衣服准备出门。不管怎样,见上一面才放心。

　　"你干吗去?"霍思礼瞧他这阵势,隐约猜到他的目的。

　　"我去幼清家看下,她关机了,不知道现在怎么样。"

　　"是该去一趟。"

　　"对,让幼清别为那些个傻逼言语伤心。"程琪跷着二郎腿,又对霍思礼说,"你这个人大代表下次能不能提个让学生多写点作业的议案啊?现在他们闹出这么多幺蛾子,就是因为他们家庭作业太少的原因。"

原谅一个体育生从来不懂得学生们到底有多少作业的痛。

程琪对自己这番言论很满意,继续埋头刷着微博,刚才齐宥白的三条微博怼得有理有据,直戳粉丝的玻璃心。很多人叫嚣着脱粉,但是,谁在乎?

不,也不是没人在乎。

齐宥白走出房门,和正准备进屋的曾凡国撞个满怀。

"你干吗去?"

"出门一趟。"

"你先坐下,我有事找你。"曾凡国率先进了屋,看到屋内的程琪和霍思礼,也没说让两个人出去,转身对着跟在身后的齐宥白说,"网上发生的事情,队里都清楚,确实是周幼清无端受了委屈。所以,我们队里已经发了一份官方声明跟大众解释清楚这整件事情。"

在场的其他三人都埋头沉默。

曾凡国继续:"但是,齐宥白,你的那三条微博,话是说得没错。可你的球迷年纪都不大,你是不是也要照顾一下她们的情绪?"

齐宥白撇嘴:"我照顾她们,那谁来照顾幼清的情绪?"

"难道你没看见,你那么说,粉丝的反应更激动了?"

"至少她们的矛头已经对准我,不会再去针对幼清了。"齐宥白油盐不进。

曾凡国叹了一口气："是是是，所以都在脱粉。你也知道队里让你去参加综艺节目是为什么。你既然是球队树立起的标杆人物，就该担起队伍核心的责任来。这个责任不单单是要求你齐宥白技术更高奖杯更多，还要你带头把乒乓球推广到群众中去，让它更有人气更具商业化。比赛有人看，门票有人买，乒乓球有人学……所以，球队需要看重喜欢你的粉丝。现在不是要求你不能为周幼清说话，而是想让你对大家说得委婉一点。"

曾凡国从一名运动员转成教练，就开始看各种关于心理学和谈话技巧的书，希望能在教导队员的时候，能采取更有效的方式达到他的目的。然而这次，他摒弃了所有说话的技巧和方式，直接把道理掰碎了，一点点摊在齐宥白面前。

房间里气氛凝固，齐宥白垂着头，"责任"和"担当"两个词语仿佛是坠在他心上的千斤大石。能力多大，位置多高，承担的责任也就越重，这些他明白，所以他放弃训练时间，服从队里的安排，去参加冗杂的活动。

他不喜欢那些嘘寒问暖的球迷吗？不，他很感激，甚至因为不能对等地回应那些不计回报的付出而愧疚。

可一码归一码，这些感情是他与球迷双方的事情，不应该牵扯进其他人。

这对周幼清不公平。

想到周幼清，纷杂的思绪又开始蔓延。

齐宥白干脆地说："行，下次我委婉一些。不过，教练，我更愿意用球技去吸引更多的球迷。我还有事，先走了。"

被留在房间里的三个人面面相觑，曾凡国对着其他两个弟子说："我说那么多，他这意思是不删微博？嘿，这小子，回来一定要让他写份万字检讨。"

齐宥白开车一路疾驰到周幼清的楼下，等电梯太久，他花了一分钟跑到9楼，按下门铃。

"你……"周幼清从猫眼里看清了来人，打开门，嘴角上扬，浅浅的梨涡挂在嘴边，话未说完，就被圈进一个还在急剧跳动的胸膛。

一时之间，周幼清僵着身子，手脚不知道该怎么放才好。直到干净清爽的陌生气息充盈鼻尖，感受到来自齐宥白的温度渐渐沾染她的每一处细枝末节，周幼清才竖起一根手指，轻轻戳齐宥白的后背，像只林间小鹿，轻快调皮地踏过落叶："你怎么了？"

他也没怎么，就是看到她开门的那一刹那，情不自禁地想拥抱她。

虽然这一刻他仍然对周幼清充满愧疚，但他要无比感谢周幼清这个一如往常的微笑，让刚才一路躁动、忐忑不安的心瞬间被安抚。

"网上那些话，你都看到了吗？"齐宥白稳了稳气息，松开手，向后稍微拉开点距离。

周幼清没想到齐宥白的答非所问，愣了一下，随即点头。

"那你生气吗？"

啧，这个问题……

"当然啊，我又不是什么大方的人，被人无缘无故地说得那么难听。"可是，后来看到齐宥白的动态，周幼清不得不承认，她那时候来不及去生气。

齐宥白弓起背脊，视线和周幼清持平，清楚地看见她剔透的瞳孔里倒映着自己。

"周幼清。"他第一次字正腔圆地叫这个名字，语气里的凝重让周幼清集中万分精神去听他接下来的话，"我之前说过把我借给你，那个不是在开玩笑。给你出气也好，给你依靠也好，给你带着回家过年也可以。总之，现在，请你把我借走。"

周幼清的脑子有点转不过来。可能是他靠得太近，让她满眼都是齐宥白，根本来不及分给大脑一点思考的空隙。

"你能借走我吗？不用还的那种。"

他来的路上，一直担惊受怕，怕她失去笑容，怕她强打精神，或者自私一点说，他更怕她因为网上的言论与他产生距离……他活了二十五年，天大地大也自觉没有胆怯过任何场面，但今天他的惶恐忐忑估计已经用完这一生的分量。

这种陌生的感觉，强烈到足以让齐宥白明白，就像是战士有了软肋，"周幼清"这三个字已经是他这辈子的小心翼翼。

他做事直接，只要想明白，就顾不了其他的，想去问个答案。

这是在表白？

想到这个，周幼清没来由地紧张，她咬着下唇，神色暗含着期待，紧盯着齐宥白的双眼。他的眼神透着坚定，认真的表情让她所有在叫嚣的细胞和血液忽然平静。

"所以，呃，你是在表白？"

"如果我说得不够明白，那么，是的，周幼清，我喜欢你。"

"哦。"

"所以呢？"

"好巧啊，我也是。"周幼清听到自己用一种欣喜的、轻快的声音对他说，"我也喜欢你呢，齐宥白。"

你不用去质疑这句话。

因为我说喜欢的时候，是真的很喜欢。

如果没有那么喜欢你，我也不会说出口。死都不会。

你知道这世间的美好大抵是什么样子的吗？

是微风拂面，枕着一袋子槐花入睡后做的清香美梦；是炎炎夏日第一口冰镇可乐滑过干涸的喉咙；是簌簌落下的金黄枫叶铺满草地，脚踩上去的踏实感觉；是在开着暖空调的房间被厚实的羽绒被子包裹的温暖……

是把周幼清揽进怀里，齐宥白知道她是自己最契合的那根软肋。

Chapter 14
/ 但愿你的梦里会有我 /

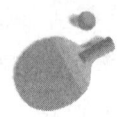

"你有没有觉得,小白最近有点不太对劲?"训练中场休息的空当,沈从辉看到隔壁场正对着手机笑得一脸荡漾的齐宥白,小声地问着程琪。

"笑得有点多?"

"他早上交了检讨,自己写的,这很不对劲。"

不是沈从辉找虐,只是队里但凡有人被罚写检讨,基本上都需要求他去网上东拼西凑给捣鼓出一篇情真意切的反省书,再由检讨人亲自手写。

而现在,沈从辉根本没收到来自齐宥白的业务申请。

路过的霍思礼听到两人的嘀咕,又跟他们交换了情报:"他这两天状态很好,训练得特别有激情。每天起个大早,叫我起床,精神头足得没见他耷拉过眼皮。晚上还会在床上对着手机笑出声。"

"这里面一定有猫腻。"

沈从辉聚拢着眉头，右手摸着光洁的下巴："这样子我怎么看着这么眼熟呢？好像是霍队你刚恋爱的模样吧？"

像是打通了任督二脉，三个人集体打了一个激灵，扭头看向齐宥白。

"袁周率呢？我要告诉他一个不好的消息。"沈从辉满场子找袁周率，"不能姐姐被拐走了，弟弟还蒙在鼓里。"

"你在干什么？"

"画画。"

"画什么？"

"你。"

"画好了吗？"

"还没，画好给你看。"

"行，我拿来当手机屏保。"齐宥白坐在训练场边的凳子上，手机里这几句普通又无聊的对话足以让他来回看了三四遍，然后咧开嘴笑得眼睛都看不见。

"当世界冠军的手机屏保让我有压力，我得认真画。"

齐宥白："没关系，你随便发挥都没问题。体育圈里哪有我这样又有成绩又有颜值，颜值还越看越好看的这种。"

"对对对，你长得好看，说什么都对。"

"那周女士，长得好看的齐先生让我告诉你，你很漂亮，漂亮得让他今天比昨天更喜欢你了。"

周幼清放下画笔，心里甜得仿佛被灌了一口蜜水。她曾经看少女心爆棚的言情小说，每次书里面男女主角的对话都腻得让人手指蜷缩。而现在才发现，原来情话可以说得这么熨帖自然，又刻骨铭心。

"齐先生，请保持现在的状态，期待明天你的进步。"

发出这条消息，手机里又收到了一条来自袁周率的微信："姐姐，你和小白哥在谈恋爱？"

手指顿了一下，周幼清立马回复："是啊。"

这条消息发出去绝对没超过五秒，周幼清的手机一下子接收了好多条微信。

程琪："弟妹啊，你要考虑清楚！齐宥白这个坑跳了就出不来了啊！"

周幼清："真是相爱相杀的同门师兄弟，可是你为什么口是心非地就喊我弟妹了？"

霍思礼："自从那天去找你回来，小白有点像撒欢的哈士奇。不过你能不能管管他，晨练六点开始，能别让他五点钟就拉我出去晨跑吗？这不像他。"

周幼清："我很同情你，但鉴于要和我男朋友保持一致立场，我只能说，早睡早起身体好。如果你没有得到安慰，我还可以说，早起的虫儿有鸟吃。"

沈从辉："我说他怎么能自己写完一万字的检讨，原来是爱情的力量。"

周幼清："对，爱情的力量不是你现在能领悟的，如果你能顺便告诉我他为什么要写一万字的检讨，我可以勉强祝你早日脱单。"

伍晏安:"幼幼姐,我是该喊你嫂子还是姐姐?如果我选择做娘家人的话,下次的零食能多一份吗?"

周幼清:"娘家人的待遇可以向袁周率看齐。加油,我的娘家人。"

袁周率:"我认为谁都配不上你,想过这辈子你最好别嫁人,我以后养你就好。可又明白这样子不现实,所以我有担心过未来站在你身边的人会是谁?现在知道拐走你的人是小白哥,又觉得没什么不对。这种感觉好复杂。我认为我要去和他进行一场男人之间的谈话。但是,姐姐,你幸福比什么都重要。现在,我是不是可以告诉我妈,她可以发红包了?"

周幼清看到这里,眼眶渐渐泛红,她心里一直把袁周率当成不懂事的孩子,可事实上,袁周率一直把她当妹妹爱护。看到曾经的小男孩能够说出这么一段话,她的心底化成一片春水。

在训练场集体调侃周幼清失败,反过来被她打趣的三人组面面相觑,随即大家决定一起拿着周幼清回复的短消息去找齐宥白告状。

"小白,你媳妇不得了了,一下子就欺负了我们仨。"程琪带着霍思礼和沈从辉过来堵人。三个人同时掏出手机,把对话内容亮在齐宥白面前,却没有得到半点安慰。

程琪话里的称谓太合齐宥白的心意,他姑且为了这两个字放下手机,认真地看完三个人的微信,轻启薄唇吐出不那么友好的字眼:"先撩者贱,活该你们被我媳妇怼。"

幼清在跟我聊天的时候,还搭理你们,有什么不满的?

回复给你们三个人的微信字数比回给我的要多多了,你们还有什么不满的？

齐宥白挑高眉，暗自记下眼前三人打扰他谈恋爱的仇。

并没有如预期那样得到队友爱的三人组很委屈，回到自己的场地互相抱成团，因为伍晏安的一句话——"幼幼姐说，娘家人的零食待遇可以向派派看齐"，轻易改变立场，纷纷报名加入周幼清的娘家人队伍。

齐宥白不会知道，在这个下午，自己身边多了四个围着他打转的周幼清牌眼线。

新一轮乒乓球世界杯即将开始，齐宥白报名参加这一次的团体比赛，进入了大名单之内，而周幼清被国家队邀请，随队一起出征，全程用绘图报道这次的比赛。

这也是齐宥白和周幼清这对新晋情侣自交往那天见面后的第二次碰面，时隔一个星期。

对于再次见到周幼清，齐宥白的心里还延续着告白时候的兴奋。

平日里的忙碌训练，让他根本没有时间离开训练中心去跟周幼清见上一面。只能趁着中午休息吃饭和晚上睡觉前的这点碎片时间跟她打打电话发发微信，老实说，齐宥白更多的是想给自己找些作为男朋友的存在感，免得让周幼清忘记她其实有个男朋友。

到达机场 VIP 休息室，周幼清的行李被齐宥白接过去，随后手里被塞了一根领带，接着一张长得像她男朋友的脸忽地凑近。

清晨光线还没那么猛烈的阳光，从玻璃窗的一侧照进来，打在齐宥白刚毅的下颌弧线上，他的脸一侧映着晨曦，一侧隐藏在阴影之中。

她似乎是第一次看到齐宥白穿正装。她认为西装是最能提升男性魅力的衣服，大概是穿着西装的男人会多一层禁欲的感觉。虽然齐宥白这身不是纯黑色正装，但合体的剪裁，柔软的面料服帖地穿在他身上，更显得他身姿颀长、姿势挺括。

"幼清，帮我系领带。"低沉的声线，像是大提琴般的音质，寥寥几字就能拨动周幼清的心弦。

周幼清有点为难："我就知道给自己打过丝带的系法，根本没有跟别人系过领带。"

"那也没关系，总比我什么都不会强。"

周幼清无奈点头，立起他的衬衫衣领。为了照顾她的身高，齐宥白稍微屈膝，低下头，看着左边地上的黑色影子踮起脚尖又落下，又重新抬起头，认真地把眼前为他打领带的女孩纳入眼中。

像是察觉到齐宥白的视线，周幼清的睫毛在颤抖，她凝神关注手中的领带打好一个结又穿过，他呼出的热气一张一翕扑在她的手背上，连带着心底也变得柔软湿润。

"噔噔，我还是有天赋的。这个领带打得完美。"时间仿佛过了很久，周幼清后退一小步，端详了整体效果，对自己的手艺很满意。

此时他们站在候机室靠窗的一角，周围人三三两两聚成一团，都没有注意他们两人的动静。

齐宥白捏着拳头，心里有点紧张，不过仍然大着胆子，向周幼清的方向踏出一步："为了感谢你……"

"什么？"下一秒，周幼清瞪大眼睛，似乎有点难以置信嘴唇上突如其来的温软触觉。

齐宥白站直身体，左手插兜，嘴角的微笑毫不意外地表明他此刻的好心情。也许是周幼清现在瞪圆眼睛的样子太好玩，他伸出右手，掌心摩挲着她细软的头发："奖励你一个来自男朋友的吻。"

"哦，谢谢男朋友。"

"不客气。还得麻烦周小姐多多给我奖励的机会。"

他得意的眉眼生动，笑容温柔，连沐浴在阳光中的栗色头发都似乎泛着勃勃生机。

齐宥白，你一定不知道你现在的样子有多美好，甚至于，所有与你有关联的事物在我眼中都是泛着光的。

落单的伍晏安很没有眼力见儿，拎着领带跑过来打破他们之间的气氛："幼幼姐，你能帮我也系下领带吗？"伍晏安因为年纪小，被安排作为这次比赛的替补，另一位替补是和齐宥白不对盘的李伯良。

滚滚滚，打扰别人谈恋爱不怕被驴踢啊？齐宥白觉队里没眼力见儿的小朋友是时候该教育一把。

可是下一秒，尚未和他建立起心电感应的周幼清点头答应："你给我。"

不远处沈从辉看到这边的情形，兴致勃勃地想加入，故意大声问霍思礼："系领带一般不都是妻子为丈夫做的事情吗？好像还有我要绑住你的意思吧？"

不需要霍思礼的回答，齐宥白闻言立马做出反应。他一把握住周幼清的手，把领带拿过来："还是我来给他打吧。你去坐着休息，一直站着也很辛苦。"

"可是你会吗？"

"打两个结就好了，也不是多难的事情。"齐宥白比画了两下，"要不，你在旁边给我指导就好了。"反正，别想他女朋友亲自给伍晏安系领带。

周幼清双手环在胸前笑着道："齐先生，你这醋劲儿可以啊。"

"是啊，我也没想到我能这么较真儿。你要奖励我吗？"

两个人忙着蜜里调油，全然不顾被领带圈在中间哭丧着脸的伍晏安、旁边看戏看得热闹的两个无良队友，以及更远一点嘲讽地注意到这边局面的李伯良。

十一个小时的飞行时长，耀眼的阳光从没有完全闭合的窗户挡板透过，落在眼皮上，视网膜内一片橘黄。齐宥白再醒过来时，乘务人员正在机舱内发放机餐。

整条左胳膊都已经被压得发麻，他习惯性地想要耸动肩膀，来缓解他刚从睡梦中醒过来的不适感，却在感受到肩膀上重量的下一秒突然停止。

回笼的意识，让他睁开眼睛转向左侧，周幼清靠在他的左臂上，半边脸已经埋进他的胸膛。他伸手轻轻拂开覆盖住周幼清半张脸庞的发丝，红扑扑的脸蛋暴露在齐宥白的视线之下。强烈的晨曦落在周幼清脸颊上，让她皱着眉睡得不太安稳，齐宥白赶紧拿手挡在她眼前。

"真可爱啊周幼清。"睡得唇红齿白，也独你一份了。

"先生……"

齐宥白将食指放在嘴边示意来到身边的空姐保持安静,回首查看身边的人并没有受到影响,才继续用手势随意点了两份机餐。

不一会儿,飞机广播中柔和的女音在介绍前方着陆城市的气温和风景,齐宥白干脆往左边调整身姿,专心致志地欣赏起周幼清的睡颜。

对于一醒来,心爱的人就在自己眼前的这种感觉,齐宥白觉得很窝心。

他慢慢移动,看着周幼清馨甜的睡颜离自己越来越近,闭上眼,在她的前额留下一个轻轻的亲吻。

不管你现在做着怎样荒诞的梦,但愿,你的梦里会有我。

"刚才那个是早安吻吗?"周幼清还闭着眼睛,脸上却早已漾起一个笑容,她的声音细细软软,有种撒娇的错觉。

"嗯,你介意没有刷牙,可能还带着口气的早安吻吗?"

有谁能来帮帮我调教一下这个一句话就能破坏气氛的直男男朋友?

周幼清眯着眼睛,无奈地叹了一口气:"被你这么一说,我好像有点嫌弃了。"

齐宥白嘟了下嘴,眼珠一转,转而又说:"行吧,既然你这么嫌弃,那你把它还给我。"说完,闭着眼,抬起下巴,像是等待王子来吻醒的睡美人。

好吧,是她错了,是她段数低,没看懂刚脱团的齐宥白能无师自通,想方设法地骗吻的套路。

想到之前差不多的有借有还的梗,周幼清在齐宥白的左胳膊上轻轻地拍了一下:"那我把你还给你自己好不好?"

"嘶——"齐宥白被压了一个晚上的手臂顿时像是几百只蚂蚁在啃噬,当然他也有故意表现的成分。

周幼清看到齐宥白难受的表情不像作伪,才连声问:"怎么了?"

"哎呀哎呀哎呀,手臂麻了。"

周幼清回想起醒过来时自己的睡姿,明白他手臂酸胀的原因,默默地帮他按摩起手臂。酥麻的感觉似乎在减轻,又似乎越发膨胀,嚣张地顺着血液流动,最后回归到齐宥白的心房。

Chapter 15
/ 你在我身边，陪我览山水 /

　　一行人在主办方安排的酒店下榻，已经是晚上十点半。夜幕笼罩着城市上空，四通八达的街道被路灯点亮，蜿蜒至看不见的远方。
　　周幼清在房间里收拾行李，门铃也在这个时候响起。
　　"你还不去倒时差啊？"门口戳着的是齐宥白。今天阿布扎比的地表温度高达 37℃，他穿着贴身的工字背心和肥大的深色短裤，脚上还踩着一双蓝色人字拖。有那么一瞬间，周幼清觉得自己的审美已经被带偏，明明稀松平常的搭配，却因为穿在他身上，她也认为好看得宛如秀场男模。
　　齐宥白从敞开的门缝中钻进来，不客套地四处打量："先来看看你的房间。"
　　周幼清合上房门嘟囔："同样是商务间，有什么好看的？"虽然这么说，但她的嘴角克制不住地往上提起。

周幼清说得没错，酒店的内部装修一脉相承，每一处细节都在彰显阿拉伯国家的文化，换而言之，是有钱人的奢侈与排场。

从窗外眺望出去是一片广袤无垠的沙漠，高低起伏的轮廓依稀可见。从四面八方贯通而来的公路线因为路灯的原因变得金光灿灿，像是点缀在夜色中的缎面丝带，汇聚成结，又奔向远方，在黑暗处湮没。

被周幼清误认为是在看风景的齐宥白站在落地窗前，双手插兜，玻璃反射出他身后正坐在床沿边叠衣服的周幼清的倒影。可能是不想中止手中的动作，她不停地鼓腮吹气，想把额前几绺垂下的发丝吹到一旁，但终究以失败告终。

齐宥白笑了一声，挪步到她面前，轻柔地挑起这绺头发，把它拨到周幼清的耳后。

周幼清说了一声谢谢，把叠好的衣服放进衣橱，背着身继续问："明天就要开始训练了吗？"

"是，这几天进行适应性训练，还好，这边除了天气比帝都热，其他倒是没什么。"

"上楼之前我打听过，酒店的厨房可以借用，你如果有什么想吃的东西，就跟我说一声。"

为了提前适应当地的气候和饮食，国家队这次是在比赛的前三天到达。周幼清来之前特地上网搜索了相关资料，阿拉伯菜肴里有特殊的当地香料，也不知道运动员吃不吃得习惯，所以她自觉地给自己分配替队员们加餐的任务。

"哪里需要这么精细？酒店里还有西式自助餐，应该还能凑合。"

关上柜门转过身,她毫无意外地跌进一个怀抱。齐宥白就势搂紧手臂。谈了恋爱之后,他在自己身上发现了二十五年来的隐疾——皮肤饥渴症。幸好,解药已经找到。

"这么主动地投怀送抱,嗯?"

上扬的尾音,带着点得意和顽皮,引得人心里痒痒的。

周幼清的理智在这一秒钟离家出走,她抬起手,在齐宥白的后腰摸了一圈。衣服薄得她能清楚地在脑海里刻画出布料之下匀称紧实的肌肉线条。

齐宥白的全身肌肉因为周幼清这个意外的举动触电般紧绷,随后又迅速柔软下来。被轻抚过的后腰还带着战栗的感觉,以光速传达到全身。他瞪大眼睛,一副难以置信的样子取乐了眼前突然硬气起来的周幼清。

似乎因为她瞳孔里的人影太丢脸,齐宥白分出一只手,轻轻盖住周幼清的眼睛:"孤男寡女,不要随便调戏别人。"

"这里有别人吗?"

她的眼皮不自觉地颤动,睫毛扑扇扑扇划过齐宥白的掌心。黑暗中,周幼清听到一阵闷笑:"对,现在正是个机会。"

"什么……"

剩余的"机会"二字被堵在嘴里,唇上陌生的触觉让她呼吸一滞。背后的手把她往他身体里按,没有给她一点避让的空间。

周幼清微仰着头,体会来自齐宥白的热情与纠缠,直到她感觉空气越来越稀薄,整个人都不知道该怎么动弹。

突然,齐宥白身体一震,然后退开半步,别扭地站好:"你好好休息,明天不用早起。训练结束之后,我带你四处逛下。"

周幼清只觉大脑空白,耳畔的心跳声轰隆隆失了原本的节奏。她盯着齐宥白张合的嘴唇,含糊地点头。

"那晚安。"说完,他又飞速地碰了一下周幼清的嘴唇,"庆祝我们的关系向前迈进一步。"

恋爱中的每一秒都是甜蜜的,所以人们才想方设法地把每个瞬间都用特定的名义存档,留给以后回味。比如,初次牵手,你耳尖绯红;亲吻的时候,呼吸都不成体系。

或许以后我因为目光停顿,误落在某个女孩身上,而你嘟着嘴跟我闹别扭;夏季夜晚,你在蝉鸣声里踩着我的影子漫步;冬天,你哈着热气故意把冰冷的手伸进我的衣领,笑意盈盈地看我皱着眉头……他们说时间如白驹过隙,而这些,我都想和你在余生里尝试。

周幼清在酒店里休整了一天,第二天被齐宥白偷偷摸摸带出去。说是偷偷摸摸,其实是因为他不想带其他几个拖油瓶一起出来玩。

酒店附近有一片海滩,两人光着脚在沙滩上踩了一会儿,就因为"太热"这个客观存在的原因打算返回酒店。

返途走的是一条供两人行走的小道,道路两侧林立的沙柳树洒下一片阴凉绿荫。周幼清突然赖皮,挣脱齐宥白的手,蹲在树荫里,闹着要休息:"我得先歇一会儿。"

齐宥白摇摇头在她身前半蹲下来："你上来，我背你回去。"

难得齐宥白这么自觉，她欣喜地准备起身，电光石火之间又突然想到前些时候称重时多出来的五斤体重，蔫蔫地又蹲回去。

唉，这个福利还是等减肥之后再享受吧。

周幼清语气坚定："不要。你先走，走两步，我会跟上来。你看，我能一点点挪过去。"

等齐宥白站起身俯视自己，她立马拖着两条蜷缩的腿，一步一步往前挪。

说实话，摇摇摆摆的样子，像只招摇过市的企鹅，笨拙得可爱。

齐宥白也任之随之，往前走一小段，再停下来转身等周幼清跟上来。

变故发生在一刹那，一辆重型机车从对面急速驶来。

齐宥白蓦地回头，发现周幼清还埋头蹲在原地专心地赶路，他来不及思考，身体已经快于大脑发出的指令，全速往回赶。

周幼清的左臂一受力，被人强制拉起身，然后身体旋转，压在齐宥白的身上倒向道路一旁的沙柳树上。机车风驰电掣地呼啸而过，轰隆的马达声遮住了齐宥白触地那一刻的闷哼。

等周幼清回过神来，发现齐宥白紧锁眉头，脸色苍白，额前沁出一层汗珠，她心里咯噔一下，吓得面色也不太好看，颤着声问："你哪里撞到了？怎么样啊？严不严重？是不是很疼？我、我马上叫人过来看一下。"

"可能腰扭到了，等我缓缓。"

"我叫队医来给你看下。"齐宥白已经站不直身子,她赶紧一手搀着他,一手拨通霍思礼的电话。

交代清楚大致的状况,她重新把视线凝聚在他身上,他脸色依旧难看,想来是没有半分好转。周幼清心底自责难过得要死。他本来就有腰伤,也不知道刚才有没有雪上加霜。她不敢再发声询问,怕泄露自己快要哭出来的颤音。

齐宥白半眯着睁开眼,看到周幼清哭丧着脸,扯出个难看的笑容。

"其实不严重,就刚刚痛了一下,现在慢慢好了。"

"你还是先别说话。你这样子,我心里更难受。"明明疼得龇牙咧嘴,还非得分出心神来安慰她。

齐宥白偏头:"但是,和你说说话,我才不会一直注意伤处啊。"

"那,我要说什么?"周幼清感觉此时此刻脑子里一片空白,除了担心他的腰伤之外,再也想不出其他的。

"我在机场外面第一次见到你的时候,你落在其他人身后,没有球迷围着,我当时觉得很不正常,明明你最帅啊,冲着脸也要跑到你面前的啊。"

"所以你看中我的脸才说喜欢我这样子的?"

"啊……也不是,就是眼缘吧。但其实眼缘里面,长相占九分吧。"

你来我往地谈话,逐渐让周幼清不再一心扑在原本牵挂的伤处。齐宥白看她眉间碍眼的起伏慢慢平复,心底才真正宽慰下来。

他不喜欢一切让周幼清紧锁眉头的事情,连自己都不允许。

霍思礼带着一拨人迅速赶到事发地，曾凡国克制住火气："怎么回事？这么大个人连保护自己都做不到？"

齐宥白的声音早于周幼清，有气无力地响起："重机车和我们差点撞上，我正在想别的事，没太注意，幼清及时提醒我，我躲得有点仓促。"

说话间，他眼神还特地给周幼清一个暗示，连握着她的手也加重了几分力气。

她避之不及，低下头，眼泪在眼眶里打转。她的身体里仿佛有两股力量在拉扯着：既感激齐宥白在这个时候包庇自己，更难过自己闯了祸还没有站出来承认的勇气。

当晚，国家队每个人的脸上都阴云密布，哦，除了李伯良。

齐宥白的腰伤结果已经出来，他并不是简单的扭到这么简单。在抱着周幼清闪躲的时候，腰椎刚好撞在了树上，造成骨头错位，加上之前他就有腰骶骨裂的病史，就算这次腰椎恢复原位，也还是有些暂时愈合不了的后遗症。虽然能上场比赛，但肯定会影响这次的发挥。

李伯良在听闻这个结果后，立马找到曾凡国，主动请缨代替齐宥白出战。

主教练并没有答应下来，他考虑了很久，把所有人赶出房间，和齐宥白单独聊了半小时。最后还是决定，继续让他上场比赛。

周幼清耷拉着脑袋站在电梯里，手机里是唐越的信息。她像是找到一个宣泄口，问："明明你做错事了，但别人都不知道你做错事，还对你很好，你会有什么想法？"

唐越在五秒后立马回复："还有这好事！我是有多好的运气啊！"

和他这种"低情商儿童"讨论这么复杂的问题，她也是蠢到一定境界。

"那我分点运气给你。"

"幼幼，你对我真好，我又多喜欢你一点点了！"

电梯到达之后，她收好手机，拎着两个保温壶走进齐宥白的房间。

沈从辉眼尖，看到周幼清立马出声调侃："哟，小白的十全大补汤又来了。"

齐宥白说："单身狗想喝还没有。"

沈从辉被怼得目瞪口呆："算了，我走还不行吗？"

他站起身，假装怒气冲冲地往外走。经过周幼清的时候，听到一句"楼下餐厅，我做了点菜，霍队他们说不用告诉你"的时候，才生气地绝尘而去。

气氛一下子安静下来，房间里静得似乎还能听到她自己的心跳。

周幼清先把菜一格一格地拿出来："先吃饭吧，等下再喝汤。"接着又是一阵沉默。

齐宥白问："还内疚呢？"

周幼清垂着头，点了点脑袋。

头顶上响起一阵轻笑声。

"也许是大男子主义，或者是你平时说我的直男精神。但是，自己媳妇儿有危险，我去保护你，这是理所当然的事情啊。"齐宥白掌心覆在她的头顶，摩挲着她柔软的发丝，"你能接受我这样不称职的男朋友，已经很了不起了。我也许不能像其他正常男朋友那样子，时时刻刻陪在你身边，所以以后可能需要你独自去面对很多状况。"

往日里，设想过这样子的情形，我都担惊受怕。怕你在无助的时候找不到我，怕你隐瞒所有的难受不告诉我，怕你终究有一天觉得有我没我其实都没差别。

所以，我有多庆幸，这次能在你身边为你抵挡伤害。

齐宥白继续："运动员磕磕碰碰难免的。谁让邻国给我戴个大帽子叫'帝国的战神'。不带伤上场碾压他们，怎么有脸被叫作战神？"

周幼清"扑哧"笑出声，知道他在努力安慰自己，于是也装作被安抚成功："虽然说得一本正经，但是胡说八道得有点偏啊，小白哥。"

"就是这个理儿啊。为了媳妇受伤，我光荣！"齐宥白两根手指顶着太阳穴，表情端正，"这句话绝对是真心的。只要与你有关的，对我来说都是好的。"

很早之前，用情诗来追女朋友的霍思礼抄过一句话：初见时，看山是山，看水是水；再见时，看山是你，看水也是你，世间所有美好都具象。

而幸好，你在我身边，陪我览山水。

周幼清拿过齐宥白的手掌放在空调被上，然后把自己的脸囫囵贴上去，仿佛是受了委屈急需寻找安慰的小朋友。

粗粝的指腹滑过她的皮肤，她一直纠结悬空的一颗心，似乎全都落了地。

掌心慢慢被打湿，周幼清也没想到自己这么不争气，会失态地掉眼泪。她踌躇了片刻，终于认清不能装作没事发生，狠狠地拿他手掌擦掉眼泪，才抬起头，恶狠狠地看向齐宥白："是是是，你说得都对。我领情。但是哪有你这样的，什么都你做了，显得我有多坏似的。"

明明眼圈通红，可怜得让人心软成泥，偏偏装出一副凶神恶煞的样子，好笑又好玩。齐宥白："好了好了，我错了，下次给你表现的机会，以后所有做好人的事情都留给你。"

语气中不知道是无奈多一点还是宠溺多一些。

"知道错就好，快吃饭吧。待会儿把牛骨汤给喝了。"也没别的奏效方法，只能在"以形补形"上寄托感情。

这件事情终于翻篇，齐宥白看着脸色变得轻松的周幼清，心底缓缓呼出一口气。

国家队历来都很看重团体赛，他这次不参加单打比赛，所以在团体赛中挑大梁。这次的腰伤，按他以往的性格，早就要求打封闭针，或者让替补队员出席比赛。可这两种办法，都无疑会让周幼清心里更不好受，于是才对教练说，他能撑到拿奖杯的那一刻。

"我不会拿集体的荣誉开玩笑，也不会让其他人失望。"

Chapter 16
/ 周幼清，我会赢 /

齐宥白躺床上休养了两天，在第三天的上午，被队医逮着在腰上缠了一圈又一圈的肌肉贴。

周幼清从前一晚就开始担心，今天的比赛会加重齐宥白的伤病。躺在酒店的床上翻来覆去一晚上，原本根正苗红的她对着古今中外叫得上名的神仙菩萨全都祈祷了一遍。然而在担惊受怕了一晚上起来，发现大家都轻松得像是去打酱油。

霍思礼自认为文化程度颇高，隐晦地说了一句："瘦死的骆驼比马大。"

沈从辉听到后立马把霍思礼出卖了，高声对房间里正在缠肌肉贴的齐宥白告状："小白，霍队说你是瘦死的骆驼！"

远处传来一个利落的："滚！"

有点似懂非懂的周幼清去问伍晏安小弟弟，总算得到了一句明白话:"以我们的实力在这个组,闭着眼睛都能出线。"

归根到底,还是实力悬殊太大。虽然腰伤影响齐宥白发挥,但他的竞技水平还是高出别人一大截。

意料之内,国家队每回合比赛用时十分钟以内,最后分别以三比零的比分,干脆利落地完胜组内其他两个国家的对手。

在乒乓界没怎么见过世面的周幼清对此表示叹为观止。

齐宥白笑得一副气定神闲的样子,故意拨乱她的头发:"小球迷,看来你还是对我们的实力认识得不够深刻啊。"

周幼清用小学生认错的姿势,垂头含胸:"好的,大佬,我错了。"

如果这还不够生动直接地展示国家队的风采,那么,第二天依旧以三比零的比分通过四分之一决赛和半决赛的成绩则让她完完全全放心地期待起男团比赛最后的胜利。

当晚,自省小看了国家队实力的周幼清,涂了一幅"国乒大魔王"的作品发送到微博,用来表示对男乒队的敬仰之情。

而另一个房间,齐宥白正老实地趴在床上,接受队医的理疗。

"你明天还是这样子的状态,比赛可能有点煎熬。"随行队医结束了针灸,又开始慢里斯条地把一个个小火罐扣在他的腰上。

齐宥白有点昏昏欲睡,声音变得含糊:"随便吧。反正已经下完决心做好心理准备了。"

国家队的技术水平领先全世界,因此其他国家的选手专门都在研究他们的打法。半决赛上遇到的对手，估计把齐宥白以往的比赛视频全都分析了个遍，研究透他的打法，所以今天的比赛在开场的时候有些胶着。

再加上对方大概知道齐宥白的腰伤，打球的时候故意制造角度，让他每次回球都牵扯到腰部，所以腰伤又开始发作起来。

队医嗤了一声："还瞒着你的小女朋友，明天比赛的时候，她难道看不出来？"

"他是担心幼清知道后，今晚也不能睡个好觉。"在洗漱间听他们讲话的霍思礼突然插嘴。

齐宥白的声音从羽绒枕头里飘出来："就是。"突然，他扭过头嘚瑟起来，"啧，连这都不知道，在家怎么体贴嫂子的呢？"

队医不承认自己不知道关心老婆，犟着嘴："滚远点。我就是喜欢看她为我担心的样子不行啊。"

齐宥白撇撇嘴，想到自己的腰还在对方手下，妥协地转回脑袋："行行行，怎么都行。"

"回国后，要好好地调理一段时间。你这腰毛病多得很。"

"行吧。先把明天的比赛打完再说。"

他看着微博页面上刚刚出现的那张"国乒大魔王"，目光炯炯，心里想着，怎么着也要对得起这张图。

在曾凡国的安排下，齐宥白因为腰伤，充当决赛的三号队员，只需要打一场双打比赛。

决赛当天,周幼清特地带了一份卤鸡爪贿赂伍晏安,让他现场实力解说。吃货伍小胖也没辜负这份卤鸡爪,一看到对方球员的上场顺序,立马说:"哎哟,他们这是在玩田忌赛马啊。"

"啊?"

"霍队参加的是第一场单打比赛,和他对局的是这两年刚露脸的新人,偶尔有让人眼前一亮的表现,但整体水平不算很强,还得再磨砺一两年。"

周幼清了然地点头,随即又觉得好笑,拍了一下伍晏安的后脑勺:"你不要用一副老江湖的样子这么指点江山,好歹人家和你差不多大吧。"

伍晏安不服气:"赛场上不讲大小,用实力说话,我都已经世界排名前五了。"

"好吧,球场老前辈,您接着说。"

"对面观赛席上缺了一人,他肯定是第二个出场,所以现在去热身了。他吧,成名多年,世界排名前七,偶尔表现好,还能冲进前五。他的打法比较克辉哥,和辉哥对上的几次,赢多输少。今天得看他们的状态,输赢有点不好说。"

"最后那位选手,也是他们国内的老牌队员。经验老到,打法很有自己的特点,关键时候能变通。特别是,他们这几年都在研究我们的打法,基本上我们队每个人的正反手都被摸清了。虽然不一定能赢我们,但还是比较难缠。特别是……"

即便伍晏安没有说完,周幼清也能知道他想说什么,无非是齐宥白的腰伤罢了。但是除了她，全队都知道昨天齐宥白的伤病又厉害了些，所以，才觉得双打会比往常更悬。

事实也正如伍晏安所料，第一场单打，霍思礼赢得轻松。第二场比赛一开场就打得异常激烈，在先失两盘的不利局面下，沈从辉又连追两局，把比分扳平。

决胜局的时候，曾凡国叫了个暂停。这时齐宥白早已离开队伍去外面热身。

伍晏安凑过来，在周幼清耳边说："现在这轮比分对手领先，主教练喊了暂停，是想打乱对方的节奏，也给辉哥喘口气冷静的时间。这场比赛要是拿不下，今天的冠军就不是那么十拿九稳了。希望辉哥可以顶住压力。"

原来如此。周幼清若有所思地望向正在场边听从曾凡国指导意见的沈从辉，她的手也在不知不觉的时候握紧成拳。

比赛重新开始，两边都死咬比分，互不相让。最后关头，对方先拿到赛点，以决胜局12比10的分数赢下比赛。

伍晏安发出一声惨叫："好可惜，就差那么一点。不过辉哥在后面三局已经发挥出了自己最高的水平了。"

"是啊，好可惜。"

每个人都这么想，沈从辉也不例外，他的脸上没有平日里挂在脸上的笑容，满是遗憾和失落。场边的曾凡国和霍思礼都拍手站起来迎接他，在他耳边说着什么，周幼清看不清楚。不管怎么说，他都尽力发挥了。

热身回来的齐宥白边递水，边搂住沈从辉的肩膀："没事，打完就别想了，这场比赛我们拿回这一分就好。"

沈从辉言简意赅："嗯。"

齐宥白说："打起精神来啊哥们儿，谁还没输过几场比赛。我上次打莫斯科公开赛的时候，还输了呢。"

从来没有见过这么骄傲地提起自己败战的人！沈从辉情不自禁地翻了一个白眼。

"你想想，团体赛要是输了，他们国内的新闻能踩着你的脑袋，把自己吹到天上去。沈君不值一提啦，世界排名前四的沈从辉不敌我国选手啦，我国打破乒乓球垄断现状，乒乓球界龙头老大位置开始轮换……"

不知道是齐宥白的碎碎念太磨人，还是他的这些话真的激起了沈从辉的斗志。他斩钉截铁地拦下齐宥白，立了个 flag："不用说了，这场比赛，我一定赢他们！"

孺子可教。

齐宥白对沈从辉的反应很满意，对得起他把以前外媒唱衰自己的新闻标题重新回想起来。他拍拍沈从辉的肩膀："先定一个小目标，这场双打比赛，三比零拿下，让他们领教下我们的乒乓球实力！"

没错，这就是个小目标。

双打比赛即将开始，齐宥白和沈从辉勾肩搭背地重新出现在观众面前。

沈从辉又一副生龙活虎的样子，让观众席上的周幼清不得不再次感慨，有时候齐宥白的心理调解能力简直逆天。

"沈哥看起来，好像已经调整好了心态。"

伍晏安点头："希望这场比赛能够顺利结束。"

场边，曾凡国再一次跟齐宥白确定他的伤病状况："你的腰现在还痛吗？要是撑不住的话，不要太勉强，后面还有两轮可以翻盘呢。"

"没事，昨晚理疗很顺利，现在也不疼。"

不疼，但站久了就隐隐有些不舒服。只是现在这时候，反正都要上场，说出来也没什么用。齐宥白哂笑了一下，这么多年，除了球技，他的忍痛能力也长进得特别快。

"行，比赛节奏别拖沓，越早结束越好。"曾凡国心里清楚他伤病情况，但是看齐宥白面如平常，也知道说出来就泄了士气，于是痛快地转头，拍了拍沈从辉的肩膀，"压力别太大，你的实力摆在那里，正常发挥就能赢。去吧。"

跨过广告牌，齐宥白看着对面的人，稍稍掀开嘴皮："毛主席说过，要在战略上藐视敌人，在战术上重视敌人，所以你说，我们这回合能几分钟结束比赛？"

"那你先告诉我，为什么一个藐视一个重视？"

高中毕业后就再也接触不到伟人名言的沈从辉，思绪一下子掉在这个坑里面，一时之间找错了谈话中的重点。

"啧，没文化真可怕。"齐宥白摇了摇头，拒绝回答这个短时间内他也想不起答案的问题，"还是专心比赛吧！"

齐宥白打定主意，要让沈从辉赢回比赛。

所以一开始，他就进攻猛烈，和沈从辉配合默契，打得对手措手不及回不过神来，11:3轻而易举地赢了第一回合。

第二局比赛，依旧是这么凶狠的势头，每得一分，齐宥白和沈从辉都用力击掌，相互鼓劲。就在大家都以为这局也顺利结束的时候，齐宥白因为抢救一个接发球，动作幅度太大而扭到了腰。

他倒抽一口凉气，扶着腰，上身有点倾斜。沈从辉三步并作两步，跨到他身边："怎么样？需要叫个伤停先让你治疗一会儿吗？"

"不用。这局怎么着也得先赢下来。"

才第二轮就已经被腰伤牵制住，胜利似乎离他们又远了一些。

可那又怎么样？

他握紧手中的拍子，决心放手一搏。

腰伤已经直白地暴露在对手面前，下面的比赛，自己如果不被当成随意拿捏的软柿子，他都看不起对方的智商。

"比赛前几天，为什么要出去逛荡？不好好走路，害得齐宥白腰伤又严重了。周幼清，你简直是千古罪人。"

看到齐宥白小心地活动了一下腰，又站回到球桌前，周幼清感觉自己五脏六腑都搅在了一起，心里又开始自责起几天前的不小心。

场上的赛事继续，伍晏安看了几个来回，义愤填膺，甚至骂了一句脏话:"真是有病!两个人都故意把球回给小白哥,他一接球,腰就被牵扯一次。"

被科普的周幼清,泪眼汪汪,不管不顾地开始充当起对手的路人黑:"球品这么差劲,简直是运动员中的老鼠屎!"

"搅屎棍!"

"我回去就开始抵制他们国家的东西。"

"下次比赛碰到他们,我一定不留情面。"

……

两个人执手相看泪眼,毫无理智地把所有不满都发泄出来。连第二轮国家队获胜都没有让他们的情绪得到一丝缓解。

第三回合的动静更加明显,除了发球,可以有选择地让沈从辉打出去,其余的接发球全都跑到齐宥白这边。只要再拿下一局,就可以赢得这场比赛,但这回合打得异常艰难。

丢掉这局的最后一个球,齐宥白终于按捺不住,蹦出一句脏话。瞥见对面看台上开始有点得意的对方球迷,他目光沉了下来,黑压压的似乎在酝酿一场即将席卷而来的暴风雨。舌尖抵住腮帮子,高冷地转身,他将手搭在沈从辉的肩上:"才丢一局,对面就开始膨胀了,啧!"

两个人都是不服输的人,沈从辉一听就知道齐宥白是在拿话激他,也是在激自己。他轻轻拍了一下齐宥白的背,示意自己已经明白。

队医早就候在场边,等齐宥白一走进,就在他的伤处及周边喷了许多镇痛喷雾。

曾凡国只给了一句："打到现在，这场我只接3:1的比分。"

齐宥白点点头："巧了，我们也这么认为。"

他下意识地往观众席上搜索，不知道自己有没有看错，总之，他发现刚上任不久的女朋友——幼清眼圈泛红。

"我会赢。"重新返场前，他做了这个口型。

齐宥白的腰伤不容他拖延下去。站在台上，他用力按了一下伤处，幅度较大地活动腰椎，想要尽早地让身体习惯疼痛。

"老子没生病是一头狼，有点小病小痛也是头病狼，还变不成狗。"

沈从辉在这回合中依旧努力地帮忙分担接球。而齐宥白，捂着腰，机械地把每个从对面飞过来的球都打回去，眼神里不起波澜，只有不断往外涌的汗水，得分后短暂放任僵硬的身形，以及掐在腰部因为用力过猛而泛白的指尖才暴露出他的虚弱状态。

记分牌上已经是8:3的比分，他接过沈从辉递过的毛巾擦了一把汗，看着对手凝重的表情，脸上才露出点笑容，低下头挡着嘴型："傻瓜玩意儿，真当我是软蛋。"

国家队的领导之前找过他们谈话，说比赛期间，要克制自己情绪的迸发。通俗点讲，就是不要骂脏话，就算非得说，也要躲着点镜头。

这个时候，他突然记起这个细节，也是很听话。

好吧，疼痛开始分散他对这场比赛的注意力，所以在接球的时候，动作有些滞缓，以至于对手又连续得了两分。

齐宥白用手拨了一下汗湿的头发，脑子里在这一瞬间闪过无数情景,再思及看台上可能快用眼泪淹了这场馆的周幼清,终于开始回笼意识,一鼓作气地把最后三分也拿到手。而后,不管不顾地卸掉力气,四仰八叉地躺在球场上,让腰椎尽可能贴着地面。

所以啊,这世界上,努努力能做到的事情,还有很多。

Chapter 17
/ 我是这么一个容易被你左右的人 /

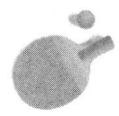

国家队载誉而归,齐宥白并没有在这支被球迷围堵在机场的队伍里。他早在比赛一结束,就带着周幼清,和队医一起回国接受治疗。

腰伤主要靠静养。医生让他隔天接受一次理疗,嘱咐他每天绑着束腰带,有事没事躺硬板床别瞎折腾,就把他从医院里打发回家。

从医院里一出来,齐宥白扶着腰,气若游丝地说:"我和你打个商量?"

"什么?"

"你看,我现在已经是半残状态,除了躺床上静养,连生活都不能自理。"

阳光刺眼,周幼清拿手挡在额前,双眼清澈,缩在阴影里盯着他的脸,等着下一句话。

"我家没人,我要有个什么事都不能找人帮忙。所以,我去你家住几天，等我腰好了，就走人。"

"这样子哦，我想想……"周幼清低头沉思，在考虑这件事情的可行性。

齐宥白看到曙光在不远处向他招手，立刻弯下腰，倒抽一口凉气，动静之大，连十步开外的人都回头关注他们的动静。

"嘶——好痛！"

这副卖惨求安慰的模样和两天前强忍伤痛，悲壮地赢下比赛的齐宥白判若两人。周幼清荒唐地看着眼前装作直不起身的某国家运动员，伸手揉着他的脑袋："好了好了，收留你了。你现在宛若一条废狗啊齐宥白。看这样子，牛骨汤还是不能停。"

"听说你喜欢哈士奇？那我暂且当一条废哈士奇怎么样？"

如果沈从辉听到这句话，一定会冷笑三声，是谁在赛场上信誓旦旦地说，老子就算生病也是头病狼，变不成废狗的。

周幼清顺路去了一趟超市，才把齐宥白领回家。

家门口蹲着一个熟悉的身影，唐越听到电梯停下的提示音，高兴地蹦起来准备迎接归家的周幼清，但看到她身后跟着的齐宥白，笑容瞬间凝固住。

"他怎么又来了？"声音听上去有点凄厉。

实在也怨不得唐越，任谁看到自己喜欢的女孩子把其他男人领回家，心情都会很悲痛。

齐宥白生病的时候，智商退回到三岁，挑眉撒嘴，活生生地把以前怼天怼地无所畏惧的嘴炮技能解锁:"我还想问,你怎么来了呢?"

"我和幼幼青梅竹马,来她家有什么不对?"

"那我来女朋友家,更名正言顺了。"

从导师的魔爪下逃脱来看周幼清的唐越,似乎听到了什么不得了的消息,脚步一个踉跄,差点摔倒在地。

"女朋友?"眼眶迅速氤氲出水汽,他宛若一个溺水的人,奢求最后一根稻草那样虔诚又惶恐地看着周幼清,"真的吗?你是他女朋友了?"

那种让人窒息的绝望情愫扑面而来,周幼清眼神闪躲,缓慢地颔首,在低下头的这一秒钟,脖子仿佛僵硬,头颅沉重得似乎抬不起来。

唐越双眸中的最后一点光亮都熄灭了。

唐越是那种不撞南墙不回头的性子,从小就认准周幼清,对她的喜欢倾注了十多年来所有的感情,喜欢到就算此刻知道周幼清的心里已经被其他人占据,也不能回收那一腔爱意。

他的这一生才刚走过四分之一,可是他远眺茫茫人生路,心下一片荒芜,这么用力去喜欢的人以后大抵很难遇到,也不想再遇到了。

悲伤从他的身体里一点一滴溢出来,将他包裹成一个茧,使他透不过气来。

"那、那……"他的嘴唇颤抖,始终说不出那句违心的祝福。

场面有点僵持,唐越尽量让自己表现得自然一点,起码在情敌面前,维护好最后的一点骄傲。他挤出一个笑容:"幼幼,我想吃糖醋肉。"

他想吃那种可以压下喉咙里的酸涩,能让他的心不那么又苦又咸的甜食。

　　一餐饭的时间，足以让唐越收拾好所有外露的情绪。

　　他缩在沙发里，目光落在虚处，脑子里从元素周期表过渡到各类化学方程式，可依旧没能阻止他眼前浮现与周幼清有关的所有画面。

　　她穿着裙子做他的公主；她双手叉腰教训因贪玩而晚归的他；她看到他考试的双百分数，笑意盈盈地表扬；她把碗里最后一颗草莓递给他；她躲在他的伞底下一起跨过小水坑；她微笑着把他送出国；她点头承认，自己是别人的女朋友……

　　他曾经以为，周幼清像是他做过的所有难题。只要给他时间，最后一定能正确求解。但其实，这个时间永远不可能出现。

　　从小到大，他似乎一切都过得太顺遂，所以现在心痛的感觉也加倍深刻。仿佛原本在心中有一棵树木插根深种，给它氧气，给它能量，可现在，它被人连根拔起，空了的那块地方再也填补不了。

　　"唐越？"

　　"什么？"他抬头，眼神微闪。

　　周幼清分辨他的神情："你需要跟我谈谈吗？"

　　其实他内心有调节情绪的机制，但现在的效果没有那么明显。但唐越还是点头，应了一声："好。"

　　他的内心如一团乱麻，他需要有人帮忙理顺。

　　"那你先跟我一起去把次卧的席梦思给搬开。"谈话之前，她总得找个地方让齐宥白待着。

"……"

电视剧里，类似的情节，好像不是这么演的。

齐宥白的腰伤不能受累，周幼清和唐越两人把床上的席梦思搬开，露出原本支撑它的硬床板。唐越原本还有点不明白，为什么好端端的突然要搬席梦思，在看到周幼清翻出一套新的床上用品和齐宥白分别站在床铺两边，准备铺床的时候才了然。

他们两人像是和谐一家人的感觉让他不免再次觉得自己多余，唐越挤出干涩的声音："你给他铺的？"

齐宥白接过话："是，我以后都住这儿了。"

显然是齐宥白自作主张地欺骗了在周幼清家的住宿时长，而唐越对此一无所知。

今天太过震惊的消息接二连三地涌现，惊得唐越连最后一丝伤春悲秋的感情也都消弭不见。

他瞪大眼睛，愣神的几分钟，把所有的消息都过滤了一遍，在大脑确认耳朵接收到的消息之后，身体才做出反应，径直往门口走去，"砰"地关门离开。

面对女朋友投来的谴责目光，齐宥白全然没有认识到自己做错了什么。他双手插兜，事不关己："啧，现在的小孩子真是任性。"

对于情敌，伟人又说过，要像秋风扫落叶一样无情。

周幼清拿起手机给唐越打电话，打了几次都没人接，又让袁周率打电话去试探唐越现在的心情。直到最后，唐越打来电话说他突然想到还有事要做,马上就到学校了,周幼清才稍稍放下心。

齐宥白见不得女朋友为其他男人担心,又不敢抗议,只能故作小声地嘟囔:"男人连这点风雨都经不起,以后怎么在这个社会立足?"

说着还斜眼观察周幼清的表情。

"那铁血真汉子的你就躺在这里老实休息。我也回房了。"

周幼清说完转身准备离开,手腕被迅速拉住。她回头,看见一个委屈的巨婴撇着嘴:"我腰好疼,要幼清亲亲才能好起来。"

齐宥白是个一口唾沫一个钉的真汉子,说当哈士奇,就当哈士奇,一点都没有打折,真该拍下来放到网上去让大家看一看。

周幼清好笑地说:"我记得医生的医嘱里似乎并没有这句话。"

"独家秘方,不外传的。"他把双手搭在周幼清的肩上,表情从戏谑变得认真,慢慢靠近,慢慢低头,嘴唇轻抵,唇舌交缠。

明知道你把他当弟弟看待,但是亲眼看见你在为他着急担心的时候,我还是会不高兴。

周幼清,时至今日,我从来都不知道,我是这么一个容易被你左右的人。

可如果,掌握我这个提线木偶所有情绪的线全都握在你手里,那么,我甘之如饴。

周幼清被连续不断的门铃声吵醒。

思维尚未清醒,全身如被车碾压过的酸疼便已经侵袭她的知觉。此时天色渐晚,残阳西斜,云朵被染成绯红颜色。晚风穿过玻璃窗留出来的缝隙,掀开窗帘的一角。

她恍恍惚惚被齐宥白揽入怀抱,然后用"你要不要试试睡在木板上的滋味"的理由,让周幼清陪着小憩了一下午。可她却比休息前还要疲惫,赖在床上愣怔了一阵。门铃依旧不知疲倦地叫嚣,她下床,绕颈揉肩,向门口走去。

说实话,睡在硬板床上的感觉不是很好,即便是和喜欢的人相拥而眠。

木板坚硬,不符合人体工学,不能让她翻转身体调整睡姿,特别是周幼清没有胖到有足够的脂肪在木板和骨头之间起到很好的缓冲作用。

这么说起来,齐宥白还要在硬板床上度过不少日子,他得有多痛苦?

她在"要给齐宥白的木板床加两层棉絮"的决定中打开门,唐越嘟着嘴重新出现在门外。他身后背着平时出去旅游的登山包,让人以为他临时决定出远门。

"你要去哪儿?有东西落这儿了?"

"不是,这回我来,是作为娘家人,决定这几天先住在你家了。"他的目光越过周幼清,落在单手叉腰刚从里屋走出来的齐宥白身上。他特地加重"娘家人"三个字,确认自己语气中的挑衅直白无误地传递给对方,心里才一阵舒坦。

齐宥白下意识地维持脸上平静的表情不变。

难得制造出来的二人世界被打破,这个消息对齐宥白来说不啻为一个噩耗。而且,唐越从情敌转变为小舅子的身份,这对他来说,也是个棘手的大麻烦。

从门缝里溜进来,唐越昂起下巴,周身带着只针对齐宥白的戾气,目不斜视地从他身前越过朝窗口走去,留下身后的两人面面相觑。

周幼清问齐宥白:"你还好吗?"

她一脸担心,想来也知道,眼下这个局面对他来说,有多不自在。

齐宥白的心里微暖,最重要的人已经做出了让他满意的反应,更何况,他也并没有把唐越的挑衅放在心上。于是,他将手轻放在周幼清的肩膀上,语气温和:"没关系啊,我听你的。"

从次卧搬出来的床垫放在客厅落地窗前的空地上,原本是要拿它当作榻榻米的。而现在,却成为唐越的简易床铺。

周幼清坐在一旁的沙发上,盘着腿看着坐在垫子上的唐越,从登山包里一点一点地把东西拿出来,慢慢侵占房间的一角。电脑、水杯、书本、剃须机、拖鞋、睡衣、日常换洗若干套……东西齐活。

她开口问:"前几天你不是还说忙着扎根实验室吗?"

是啊,所以你才变成了别人的女朋友。

唐越满心悲痛,只觉得咸苦的眼泪往心里流。

"我这段时间,可以写实验报告。"

"那还是住在学校里更方便些吧?"

"你是不喜欢我住这里吗?"唐越抬起头,一脸委屈。

这……

周幼清往旁边瞄一眼齐宥白，继续说："你和齐宥白又不熟，住在一个屋檐下不会尴尬吗？"

"你尴尬吗？"唐越顺水推舟地问齐宥白，眼睛里闪着一丝不怀好意。

齐宥白看到周幼清显然站在自己这边，于是露出一副温柔无害的表情："不会。欢迎你留下来。"

唐越一副"你看吧"的样子，继续等着周幼清的意见。

周幼清只好再次确认："你确定睡这里，不去另外一个客房睡？"

归置好东西，他又拿着周幼清提供的四件套开始收拾床铺："不，这里风景好，还有日式榻榻米的感觉。"

嘴上说的是这个理由，然而心里却不是这么想的。

听到齐宥白说要住在这里，他全身警报迅速拉响。

孤男寡女住在一起，这叫什么？引狼入室，开门揖盗，小白兔掉进了大灰狼的嘴里！

智商高达 130 以上的唐越看穿其本质，决心亲自来维护周幼清和齐宥白之间的距离。而最理想的根据地就是客厅，周幼清的主卧和次卧分别位于客厅两侧，只要有什么风吹草动，他肯定能第一时间注意到。

既然唐越这么坚决，周幼清也就不再纠结他住得这么寒碜的事情，起身去厨房，准备今天的晚餐。

厨房移门的闭合声犹如一声昭示开战的号角，唐越死死盯着齐宥白，压低声音说："我真的很不喜欢你。"

齐宥白的面部表情也从日丽风和瞬间转变成积年不化的冰雪，双手交叉环胸，居高临下地俯视唐越，薄唇轻启："如果是情敌，我也不喜欢。"

"有我在，你别想靠近幼幼一步。"

"日久天长，我不在乎这几天的时间。"

"你还想待多久？这是幼幼的房子。"

"我知道啊。"

唐越没想到他能这么无耻，继续说："你不觉得一直住下去，像是在吃软饭吗？"

齐宥白嘴角的弧度扩大："总好过有些人吃的狗粮。"

齐宥白一定是靠着他拍马也及不上的无耻才能追上幼幼的！

唐越被堵得无话可说，只能另找论点："你就用这种态度对待幼幼的娘家人？"

"小舅子,欢迎你住下来。"转换成一开始唐越说"娘家人"的语气，齐宥白说得无比诚恳。

谁、谁是你小舅子？！

不要脸！

Chapter 18
/ 因为她知道我爱你啊 /

三人合居的感觉,是什么样的?

周幼清觉得这种感觉很怪异,像是水分饱和,即将化雨的云层,或者是电热水壶里即将沸腾的开水。不不不,这些程度都太轻,应该是即将掀起一场海啸的平静海面。

总之,女人的第六感告诉她,齐宥白和唐越之间的和平共处,不会持续太长久。

果然,接下去的几天,用鸡飞狗跳四个字来形容再恰当不过了。

齐宥白感觉自己和唐越之间,正在进行一场没有硝烟的战斗。胜利对于双方来说,异常重要。当然,连些微小事都要争个你死我活。

比如,每天谁先用洗漱间,阳台上谁的衣服挂得更多,周幼清叫哪个人的名字更频繁……

唯一一个成年女性周幼清,觉得自己宛如一所幼儿园的园长,每天都要安抚两个动不动就闹别扭的小朋友。

"为什么桌上有两个齐宥白喜欢吃的菜，而我只有一个呢？"并不是质问的语气，说这句话的唐越耷拉着眉眼，自顾自怜。

齐宥白仿佛并没有注意到唐越的异样，伸手专门从那两个被唐越嫌弃的盘子里夹了满满一筷子的菜，放在碗里："大概是因为我是你姐夫吧，小舅子。"

唐越气急败坏，再次把"如何套麻袋打齐宥白一顿"的计划提上议程。

这样子的状况，周幼清已经应付自如。她轻描淡写地给出了自己的理由："汤我煲了两小时，炒两个菜才花了十几分钟。"

一个觉得自己的菜在数量上取胜，一个认为周幼清在他的菜里花费的时间多。

两个人都对自己在这顿午餐里，得到的待遇感到满意。

尽管他们拿来一较胜负的名目日渐繁多，花样缭乱，双方都默契地在周幼清面前维护好表面的和平。

但处在风暴中心的周幼清，同样可以察觉得到。

明明房间里有电脑有无线，但齐宥白和唐越，偏偏喜欢去客厅抢电视看。

齐宥白喜欢看体育节目。唐越更夸张，已经多年没看过电视机的他，在换了一遍所有频道之后，终于确定自己比较爱看的纪录片之类的频道。于是，两个人经常在客厅里面，从坐在沙发上争夺遥控器，到围着茶几你追我赶，最后被周幼清看到才罢休。

"你们之间关系已经好到这种程度了？"

家里似乎住着两个中学生，周幼清对此，表示有点头大。

收敛下来的两个人，安分地坐下来，但是压制他们的人一转身，又开始不休不止地继续。

电视机里不停地变更频道，异常杂乱的声音充斥着房子的每个角落。似乎看喜欢的频道才是证明在这个房子里他们谁更重要的方式。

除此之外，唐越这个严格意义上来说不那么正统的小舅子，对齐宥白有原则有分寸地严防死守也感到无可奈何。

比如，他借着给周幼清送水果的名义，进到主卧室，坐在床沿边刚把手覆在周幼清的手背上，门口就响起不紧不慢极有规律的敲门声，和唐越讨人嫌的催促："齐宥白，你要看的电视开始了。"

等了一下子，没听到里面的动静，他继续催："齐宥白，你不出来，我开门喽。"

好吧，还能怎么样，他只能出去。

"这个点，我看的电视呢？"

看了二十多年还没有完结的新闻联播正挂在电视上。

唐越耸耸肩："那是预告片，我看错了。"

又比如，唐越每每牺牲自己的休息时间，陪着他们去医院。

还没有考到驾驶证的他，只能坐在后车座上，安静地看着周幼清和齐宥白在前面聊些鸡毛蒜皮的小事。

就像他以前，在周幼清面前，也会说个不停，全是身边不起眼的事情。他想和她多说说话，哪怕不需要她回应，只要知道周幼清在听他说话就好。

只是，之前的他，像是海域中迷失的邮轮，努力向灯塔发出信号的是他，努力想找到陆地的也是他。

所以，这时候的对话，他不想加入。

到了医院，医生问齐宥白："这是谁？"

齐宥白："我小舅子。"

唐越因为这个称呼，气得参毛。

医生没有感受到两个人之间的刀光剑影，反而说："哦，那你们关系处得很好嘛，连来看病都陪着。"

齐宥白微哂。唐越哪里是因为想陪他来看病，分明是当一个监督员。

齐宥白问唐越："你知道我和幼清是在处对象吗？"

"知道。"

"你不觉得你正在随时随地发光发亮？"

唐越说得大义凛然："虽然沈姑姑不在，袁周率也不在，但和幼幼从小长到大的我一定要替他们看着你们。沈姑姑绝对不会喜欢一个无名无分住在幼幼家的人做侄女婿。"

齐宥白若有所思："谢谢你了，小舅子。看来你是在提醒我要名分这件事了。"

"谁、谁说这件事了！你能不能好好找找我话里的重点！"唐越气得站直身，再次义正词严地拒绝齐宥白给他安的身份，"不准叫我小舅子。"

"那你作为幼清娘家人，先在幼幼两字后面加个姐。"

唐越翻了个白眼："才不要。你管我。小心我跟沈姑姑打报告。"

齐宥白没有再说话，心里巴不得唐越早点去打报告，早点让她家人知道他的身份。

但是，他不知道，见到周薇的那天，来得这么快。

周薇是来看周幼清，顺便去关心一下被圈在乒乓球馆训练的袁周率的。

唐越在厨房里洗碗，周幼清窝在沙发里抱着笔记本电脑看视频，所以齐宥白一听到门铃声，就自觉主动地去开门。

"你……"周薇下意识地重新确认门牌，再次肯定自己没有走错楼层。

眼前的中年女性化着精致的妆容，模样看起来有点像袁周率。齐宥白反应过来这是自己需要好好表现的对象，恭敬地问好："伯母您好，我是齐宥白，幼清的男朋友。您先请进，请进。"

他把周薇手里拎着的重袋子接过来，朝里喊了一声："幼清，你姑姑来了。"

周薇的心思有点复杂，自己每天担心周幼清的人生大事，结果她已经把人生大事给办好了。按理说一直操心的事情已经解决，自己应该感到欣慰。可她发现,自己并没有舒坦,反而又担心起齐宥白的人品。

儿子是职业选手,所以周薇也难免会关注乒乓球。

再者,前段时间,她看过齐宥白和周幼清一起上过的综艺节目。

虽然她知道齐宥白是个不可多得的运动员人才,但不能保证他一定是个好男朋友的人选。特别是一个很现实的问题摆在眼前,运动员多伤病。

"姑姑,你怎么来了?"周幼清不免怀疑地看了一眼听到消息后从厨房里跑出来的唐越,担心是他打了什么小报告。

"我来看看你和派派。"

唐越好不容易迎来了同盟军,内心激动得暂时错过了周幼清怀疑他的表情:"沈姑姑,你来啦。我们刚吃完饭,我在厨房里面洗碗呢。"

周薇看到好久没有见面的唐越,露出笑脸:"小越今天怎么在这里吃饭?"

"我最近住在幼幼这边,"唐越指了一下席梦思床垫,然后不留痕迹地给齐宥白上眼药,"小白哥也住在这儿,他住次卧。"

齐宥白发誓,他之前从来没听过唐越这么乖巧地喊自己"小白哥"。

周幼清听出了点不对劲,连忙解释:"在国外他为了护着我,把腰给伤到了。家里也没人照顾,所以这段时间才住在这边的。"

"哦,腰伤啊。"她听到齐宥白是为了周幼清受伤,这才关心了一下,"严重吗?腰伤需要静养,平时多加注意,早点调整好。"

"正在慢慢好转,谢谢伯母关心。"齐宥白温文有礼,眼神谦逊。

"但是……"

听到了转折,齐宥白坐得更加端正,嘴唇拘谨地抿成一条线,等着周薇接下去要说的话。

他这一番动作,自然落在周薇的眼里。很早,她的丈夫就说过,齐宥白看上去和幼清挺熟的样子,那时候她也跟幼清谈过,把齐宥白作为参考对象。所以,她对齐宥白倒不至于反感。

周幼清和唐越一脸关心,周薇注意到这里不是谈话的地点,于是说:"齐先生……"

"伯母叫我小白就好了。"

"好,小白。"周薇从善如流地改了称呼,"能跟我单独谈一下吗?"

"屏蔽唐越也就算了,为什么连我都不能听啊?"周幼清有点不满,更加担心姑姑会和齐宥白说什么。

唐越也咋咋呼呼地反对:"我是幼幼的娘家人啊沈姑姑,我从小在你们家长大的。"

周薇并没有搭理两人,率先站起身,进到主卧。齐宥白拍了拍周幼清的手背以示安抚,紧跟着走进去。

被留在客厅的两个人,相互对视了一会儿,脚步轻缓地慢慢移过去,把脸贴在门上,企图听一点里面的动静。

然而,周幼清为了确保睡眠质量,在装修的时候,就在卧室里安装了隔音材料。两人对里面的谈话声,一无所知。

两个人泄气地回到沙发上坐好。

唐越扭头，注视了周幼清半晌才开口："你真的很喜欢齐宥白吗？非他不可？"

周幼清也回过头，今天算是撞上时间了，上次说的好好聊聊正好现在可以开始。

她点头，第一次解剖自己的内心："差不多吧。我啊，从来没真的喜欢过谁。初中觉得和我一起补习的高年级学长很帅，但是一直不敢表白。到了后来，那个学长突然长满了青春痘，吓得我一点都不喜欢他了。高中的时候，喜欢班上的一位男生，声音好听，运动会上参加什么项目都很帅，我觉得那就是喜欢了。可有次看到他做了一个我不喜欢的鬼脸，我就又不是那么喜欢他了。"

周幼清也很苦恼，在周遭的朋友为了感情死去活来、波澜壮阔的时候，她始终迟疑、不断否定，确定没有人值得她轰轰烈烈去爱，痛痛快快去哭。

"我没有什么动不动就想起的人，也不会兴之所至就跨越半个城市跑去见一个人。日子过得平淡无奇，所有事情都按照既定轨道在运转。我不期待也不迷茫，总觉得自己就要这样子普普通通过完这一生。再过两年，说不定就接受相亲，然后成立家庭，接受自己多出几个亲人，然后把所有精力都放在柴米油盐酱醋茶上面。"

她的侧脸在暖黄色的灯光下面更加柔和，面容静静，似乎刻画着另一个平行空间里她正在过着的生活。

"可是，齐宥白让我明白，其实我一直在期待和他的遇见。"

原本以为，被风吹入她眼梢的齐宥白，只是这个盛夏时分的一个意外，就像是石子投入湖泊时泛起的涟漪，转瞬即逝。可没想到，他在她心里凿出一片汪洋大海。

爱情的能力有时候太过奇妙。它仿佛有一根线，能把你的全部心思都牵引在几个月前还很陌生，以前根本不知道这世界上有他存在的人身上。然后，你坚信不疑，奉上自己的全副身心。

唐越垂下头。他明白喜欢的感觉。可能是自己年纪小，没有见过太多世面，所以周幼清的一点小情绪就能在自己心里掀起轩然大波。

他蜷起腿，抱着双膝："是，你现在看起来，很幸福。"

所以，我不免也为你开心。

可只要想到你的幸福不是因为我，心里像是被针扎到，泛起微微的疼。

"唐越，对不起啊。"周幼清说，"不是因为不能接受你的感情，而是我一直没有把你的感情当真。"

她一直没有将他放在心上，以为唐越没有遇见真正喜欢的人，错把从小一起长大的亲情当成是喜欢。

"我们啊，彼此太熟悉了。我对你的感情，早已经设定在一个姐姐的位置上了。"

所以说，感情就是这么毫无理由，没有逻辑，让人无可奈何。明明是他先出现，可惜这场比赛的规则不是以先来后到来评判。

唐越沉默，心里还是空落落得厉害，他正在慢慢调整自己。毕竟他那么聪明的大脑，用来局限在爱恨情仇中，那是科研世界的损失。

他点头，勉强地露出一个笑容："嗯，我明白，我可以调整自己。"

客厅再次回归到寂静，周幼清伸出手，又有些迟疑地落在半空中，停顿几秒，又重新向前，落在唐越的肩膀上，轻拍几下，给他安慰。

在喜欢齐宥白之前，她对喜欢的所有概念，全都来自于书本、电视以及别人的嘴里。所以，她低估了曾经无意中可以带给唐越的伤害。

茶几上的手机屏幕亮起来，微信消息一跳就是十多条。周幼清解开锁屏，点进家族群。

"周薇邀请齐宥白加入了群聊"明晃晃地挂在群聊消息中。

周薇："我邀请幼幼男朋友加群了。"

而后，她又发了一个红包，名字是"希望幼幼和小白有情人终成眷属"。

看样子齐宥白是过了姑姑这一关？

那么，他们是怎么聊的？

周幼清盯着屏幕，不可置信地眨巴眨巴眼睛。

主卧的门被打开，周薇和齐宥白走出来，看到两人的周幼清赶紧站起来。

周薇看到周幼清的样子，开玩笑说："你担心什么？我又没欺负小白。"

"我哪是担心他？"我就是好奇你们的谈话内容啊。她不由得看向落在后头的齐宥白。

周薇翻了一个白眼,又在余光中瞥见正对周幼清微笑的齐宥白,他的神色不似之前那般拘谨,只是耳垂仍有点红。

话都谈完了,她该做的事情都做好了,也该退场给他们留出些空间了。

于是周薇表示:"小越睡客厅,那我今晚就住另外一间次卧了。"

说到唐越,她是该好人做到底,帮他们带走这个电灯泡的:"小越,睡在客厅也不方便,你明天收拾收拾,先跟我去看派派,看完你回学校去住着。"

已经决心全身心投入科学实验的唐越乖乖地点头。

齐宥白住着的次卧,原本因为使用次数太少,缺了点人气。现在他的生活用品不太齐整但是分门别类地占据整个卧室的空间,一进去还是能察觉到不同。

周幼清关上门,兜头就问:"我姑姑跟你说什么了?"想想又觉得这不是自己最想知道的问题,遂改口,"不对,你跟我姑姑说什么了?为什么她都拉你进我们家的家族群了?"

她满脸的求知欲,微仰着头,连眼神都在恳求要一个解释。

齐宥白双手环胸,表情有些得意:"还用怎么说吗?姑姑透过现象看本质,发现我是个完美的侄女婿人选……"

真会顺着竿子往上爬,现在已经改口叫姑姑了。

"喂!信不信我明天就去告诉我姑姑,你说她只会看脸。"

"……"齐宥白对女朋友是这么会概括的人感到难以置信,"我的意思明明是姑姑独具慧眼。"

"我姑姑不接受这种糖衣炮弹。你老实说，怎么过关的？"

齐宥白抿着嘴，有点为难："这是姑姑给我的考题，我写完答案就忘记了。"

显然这个回答并不能让周幼清满意，他歪着头，灯光照进他的眼睛里，暴露了他所有的深情："因为她知道我爱你啊。"

"人生如果是个圆，那曾经的我以自己为圆心。而当我知道我爱幼清之后，我废弃了自己原有的所有人生规划。我已经做好准备，欢迎幼清加入我的人生。"

这是齐宥白在周薇面前说的话。

Chapter 19
/ 悲剧是把所有的美好打碎在眼前 /

过了两天,齐宥白养好伤回体育中心进行恢复性训练,队友们看到他出现在训练场门口的时候一拥而上,对他带来的周幼清牌吃食表示热烈欢迎。

只有袁周率没有上前,暂时有点不太适应他身份上的转变。

之前,袁周率考虑了很多,觉得小白哥当自己的姐夫其实也不是什么坏事,除了身体不大健康之外。

他和小白哥有许多共同的朋友,算得上是知根知底。

平时小白哥的活动范围差不多就已经局限在周幼清的身边和自己的眼皮底下,他能随时随地掌握一手消息。

运动员吃苦耐劳有担当,像小白哥这样子的明星球员,养家糊口也不是什么问题。

总之,乒乓球运动员是好老公人选。

齐宥白注意到自己真正小舅子的动静，主动上前："你站在这里干什么？"

"小白哥……"

"叫姐夫。"

"……"袁周率张开嘴，还是觉得有点叫不出口。他不能就这么容易把姐姐给卖掉。

离他们不是很远的程琪回头，寒碜了一句齐宥白："你不给派派改口费，还想让他叫你姐夫？你这姐夫当得有点磕碜。"

齐宥白难得认真地采纳意见，若有所思："我得考虑下包多少红包了。"他拍拍袁周率的肩膀，"那下次等我备好红包，你再改口。"

他说得一脸坚定，似乎这件事情已经板上钉钉，唬得袁周率一愣一愣的，直接点头同意。

"啧啧啧！"身后传来一声浮夸的讽刺，李伯良板着一张天怒人怨的脸，阴阳怪气地嘲讽，"袁周率，小小年纪手段不错，队里都能让你发展出亲戚关系。可惜我没有姐姐妹妹什么的，要不然，我早就是主力队员了。"

他其实是想找齐宥白的碴儿，只是因为袁周率和齐宥白搭上关系，所以才先拿袁周率开刀。

齐宥白明白李伯良的意思，他拦住袁周率，挑起半边眉，不耐烦地转过身。有时候，不分时间地点一直纠缠不断的挑衅是真的让人很烦躁。

"你就算有姐姐妹妹，冲着你，队里也没人敢招惹。"

就算齐宥白这样反击，也没有引起李伯良多大的情绪波动。

他做了个无所谓的表情："是是是，你说什么都对。谁让你是指导们的好宝宝，是我们队里的台柱、明星、核心人物。你齐宥白什么都好什么都对，外面所有人为你加油呐喊。腰伤还占着比赛名额，你多牛多厉害啊。"

李伯良的爆发点就是这个。

他一直被齐宥白压制在二队，好不容易升入一队，好不容易被选为替补，好不容易遇上齐宥白刚好腰伤复发主教练考虑换人。他以为这是难得一遇的机会，所以亲自跑去给主教练请缨，说自己能够替补上场。虽然教练没有立刻回复，但看得出来，主教练是动摇的。毕竟团体赛是队里最看重的项目。

但因为齐宥白的要求，最后的上场机会还是给了齐宥白。

空欢喜一场，比从没有过机会更让人失落。

于是，他积压在心底的不满，蓬勃发酵，只需要一个合适的时候，点一把火，就能引爆所有的愤慨。

齐宥白眼神稍稍沉了下去，世界杯团体赛的那件事情，他做得的确不够恰当。

但他那时候也是认真思考了很久，断定自己的腰伤不影响比赛节奏，才跟主教练提出了要求。而且，主教练也询问了队医的诊断结果，加上对那时候他状态的了解，才决定继续由齐宥白出场。更何况，就算有什么不可预料的情况，每场比赛开始之前还可以更换运动员。

运动是很直观的东西，他们一向看的是成绩是结果，只要知道最后获胜了就好。

　　齐宥白嘴角噙着笑，抬起眼皮，往日里慵懒的眼睛却毫无笑意，厌恶的目光化成一把把利刃，扎向李伯良。

　　"李伯良，难道你忘记你只是二号替补队员吗？如果真的需要替补队员上，那也是让伍晏安先上，还轮不到你来我面前叫屈吧？"

　　是，李伯良刻意忽视了这一点。因为这样子才有理由找到齐宥白这个发泄口，把对他的所有不满、对自己训练成绩的不如意、对自己一直不温不火的状态的无能为力，冲着齐宥白叫嚣出来。

　　而此时，被戳到痛处的他冲过去，拽着齐宥白的领口，迎面就是一拳头。

　　"我就是看不惯你这副死人面孔怎么样？"他骂骂咧咧，好像只有这样才能把聚集在心底的郁气都驱逐出来。

　　齐宥白往后跟跄了几步，左脸疼得发麻发烫，虽然知道现在还没开始青肿，但他仍然觉得左脸似是在发酵在膨胀。重新站直身子，右手食指轻佻地滑过鼻尖，他用舌尖顶住左边的腮帮子。

　　不是说伤口可以用唾液治愈吗，不知道它还有没有镇痛的作用？齐宥白的脑子里闪过这个念头，但随即又想，管他有没有用，现在老子被打了，先找回场子再说。

　　李伯良继续逼近，重新抬起手就想再重复刚才的动作。

　　被这突发状况吓住的袁周率反应过来，立即准备加入战局，却被齐宥白一手拉到身后。齐宥白一边后仰躲开拳头，一边趁乱说："你老实待着。"

不知道队内打架要背处分啊！

而现在，被拉下水的他，只能在教练赶来之前，多揍他几拳才算完。

想明白的齐宥白，踹开了李伯良，上前对着他的肚子就是几拳，手肘还见缝插针地攻击李伯良的下颌。

不远处的队友察觉到状况，放下手上的东西立马围过来，分成两拨，拉开了打得难舍难分的当事人。

齐宥白疼得龇牙咧嘴，虽然刚才打得杂乱无章，但比起他身上挨的打来看，他还是有赚的。就是李伯良手黑，最后几下打在他腰上，害他腰伤差点又复发。

齐宥白想了想，有点后悔刚才揍得不够狠。

在训练场当着大家闹事打架，这个事情性质恶劣，造成了极大的负面影响。

主管齐宥白的闫教练火速到场，脸色铁青地看着齐宥白，第一句话就是："你是不是又想退队了？"

刚以为齐宥白成熟稳重了，他却又不争气地惹事。

问了一圈周围的队员，捋清楚前因后果，闫教练抿紧嘴唇，只想再揍齐宥白一顿。虽然知道是李伯良先挑起的事端，但一个巴掌拍不响，他气的就是齐宥白后来打得比李伯良还欢。

"你们两个跟我到办公室去。"

办公室里，体育局副局长、国家队主教练曾凡国和主管李伯良的教练早已经就序入座。

副局长左右一瞥，发现两个人脸上都没有半点悔过的意思，不由得被他们气笑："说说吧，怎么回事？"

齐宥白站直身子，态度无比端正："报告，我没什么话说。挨打也挨了，我揍他也揍了，现在该受的处分我也受着。"

这句话又把副局长气笑："你还觉得自己挺光荣，挺有担当的是吧？"

齐宥白犟着头，不说话。

一直没开口的主教练问李伯良："听说是你先动的手，说说为什么吧？"

"看不惯他。"

听到这个回答，主教练并不感到意外："哦，我也看不惯。"

语气发自肺腑的真诚，惹得李伯良抬起头，观察曾凡国的表情，判断他说的到底是真是假。

但听到曾凡国继续说："他进队就惹事，我一直看不惯他，可我也没动手打人啊。"

这话说得齐宥白和李伯良两个人都翻了个白眼，只是齐宥白当着面，而李伯良垂着头。

"跟自己队友动手，你们这是想干吗？上天啊？以前抄的纪律条款都擦屁股了？"主教练想想就生气，这都多少年了，从来还没有人敢在队里打架的。

"这次打架，我不追究你们谁对谁错，在训练场上动手就是错。

你们给我抄纪律条款,每个人抄三十遍。再写一万字检讨,全队通报批评。两个人记一次过,按队内条例罚款。你们先回去,后续处罚,等我们讨论再通知。"

这个后续处罚,一般是停赛通知。

齐宥白对这一系列的处罚早就做好心理准备。停赛让他难受,抄条款和写检讨更让他生不如死。

刚回归还没开始训练,就要再次被遣返回家。齐宥白心情沉重,不过可以继续住在幼清家这件事情,让他稍微开心了那么点。

"嘿,小白,教练组什么决定啊?"霍思礼带着一拨人在半路上堵着齐宥白。

齐宥白插着兜,环视一圈脸上挂着担心的队友:"还能怎么样,就是罚款停赛,记过检讨。"

一拨人陷入沉静。

程琪率先开口:"你就是活该,让你管不住去回手,犯得着跟他认真吗?"责骂完同门师弟,他又不免流露出关心,"停赛多久?会不会影响世乒赛?"

几个月后还有世界乒乓球锦标赛,这也是乒乓球的三大世界性赛事之一。

"不送我回省队已经够好的了,其他的就不要期待了。"齐宥白开解大家,"正好我也可以回学校上课。"

气氛再次寂静,霍思礼看每个人的表情都很凝重,扯开话题说:"赶紧让小白去医务室上点药。你这次不是主动挑事,教练们会有考虑的。你回家先好好待着,我们到时候去看你。"

"行吧,我先回家了。"

然而,事情的后续发展有点出乎意料。

齐宥白前脚刚出体育局,他打人的视频后脚就被匿名网友曝光在网上。

国家队并不是铁板一块,不仅仅李伯良,还有其他人也不满齐宥白很久。

视频被掐头去尾,配上话题 #齐宥白训练场殴打队友#,基于他这段时间来,一直风头无二,受尽瞩目,视频一下子被传播开来。

微博热门话题前几名分别是——

#齐宥白打人#

#齐宥白训练场殴打队友#

#齐宥白李伯良#

……

人红是非多。

再者,齐宥白拥有超高人气挡住其他人的路,所以一直蠢蠢欲动准备收拾他的人也开始搅浑这污水。

一股脑涌出好多知情人士出来为这段视频配上解说词,爆料说齐宥白在队里怎么霸道,如何欺压新人,不尊重非主力队员……

他从受尽追捧的明星运动员,到万人唾骂的球霸耻辱,仅仅只要两三个小时就足够。

有些可能连乒乓球规则都不了解的网民，先去齐宥白微博下各种发泄，有失望的"我怎么瞎了眼还喜欢过你"，有谩骂"人渣，老鼠屎，国家队的败类"，还有各种幸灾乐祸"大家总算知道你的真面目了，希望以后比赛看不到你"……

接着，网友们又去各个加V认证的国家队队员微博下留言表示："心疼，居然和球霸待在一个队伍。"

最后，再在各位教练的微博底下说"这种球员留着过年？""齐宥白是有什么背景能待在国家队这么久？""打架是大事情，我们等着看这次准备怎么处分齐宥白！"

……

"呵呵，一群网络暴民，到底有没有脑子？！"

接听了袁周率一通电话，周幼清看到网络上的动态，气得两眼通红。她哆嗦着手，拨打齐宥白的电话，还好，他马上接起来。

"喂，你在哪儿？"

"回你家的路上。"

听到他和往常一般无二轻松自在的声音，周幼清嗓子一哽，声音隐约带着哭腔。她极力缓和情绪："哦，那你小心开车，快点回来。"

"怎么了？"齐宥白捕捉到周幼清的不对劲。

周幼清吸了吸鼻子，呜咽着说："袁周率告诉我，你打架了。"

"嗨，你得同意我下次教训下你弟弟，让他不要多嘴。"原本提着的心瞬间落回原处，齐宥白从后视镜里看到自己笑容明亮，"你啊，不要瞎担心，我马上就回来。嗯？"

镜子里，自己左脸确实肿起来，他又加上："虽然我脸有点肿，但颜值还是在的，回去就让你看下。"

"好，你快点回来。"

"嗯，行，你别难过。我过会儿就到。"

齐宥白一进门，就被周幼清扑个满怀。

"哎哟哟……"他作势捂着胸口，这个动作让周幼清误会自己撞疼了他。

"怎么了，我撞疼你了吗？他打你哪里了？给我看看？"

意识到周幼清的认真，齐宥白握住她想要掀起衣服的手："没没没，我开玩笑的。"

周幼清哭腔甚浓："齐宥白，你浑蛋！我都担心死了，你还玩？"

想到网友们口风一致地对他泼的脏水，周幼清悲从中来，重新抱着他的劲腰，埋在胸口大哭。

"我错了我错了，幼清，我错了，我再也不开这样子的玩笑了。"

齐宥白用脚合上门，抱着周幼清的腰，径直把她从门口抱到客厅，让她横坐在自己腿上，然后用手给她拭去眼泪。

"你今天有点不太对劲啊？不会是我打架吓到你了吧？"

吓个屁！

周幼清撇撇嘴："打架的视频被人发到网上去了，还掐头去尾，变成你先动的手，现在网上都在踩你。"

齐宥白头靠着周幼清的胳膊，闻言笑容渐消："我看看。"

周幼清扫他一眼，立刻就眼泪盈眶。

她为自己浅显的泪腺感到羞耻，可她又忍不住不为齐宥白心痛。

明明很美好很优秀，活得光明磊落，该被世界以善意温柔待之的人，偏偏被网友们用些子虚乌有的事情否定，编排是非把他踩在泥地。

人们说，悲剧是把所有的美好打碎在眼前。

那她现在就是目睹着一出悲剧。

她的齐宥白，不管是曾经，还是现在，都在经历一场积毁销骨的磨难。

齐宥白目光微敛，在屏幕上打了几行字，就把手机扔到一边。

怎么说呢？目前的情况，反而让他心里踏实。之前活在一支万花筒里，鲜花掌声全是虚影，身边的人山人海让他感觉踩在危楼之上。

而现在，危楼坍塌，而他因为早就做好心理准备，并没有多难过。

有光就有影。

他习惯了，只是这次的场面大一点而已。

不如，多花费点心思，让周幼清开心些，尽管，看到她为自己落泪，他很感动。

"幼清。"

周幼清望着他："嗯？"

"我喜欢你，喜欢到每个瞬间都想见你。你笑的样子，喜欢吃的东西，爱看的书，昨天刚完成的画，最近循环听的音乐……每一样与你有关的事情，我都想放在心上。所以，我的心很小，我不能让其他无关紧要的事情霸占了位置。你懂吗？"

"嗯。"

"所以，感谢你懂我，我现在可以亲你吗？"他抬起她的下巴，从喉结一路吻至下颌，再蜿蜒至线条优美的薄唇。

Chapter 20
/ 喜欢到底是有多不值钱 /

齐宥白打人事件在慢慢发酵,扩散的范围越来越大。

国家队的队员通过微博和直播平台发声,替齐宥白澄清一切不实的栽赃和污蔑。

程琪利用吃午餐的时间特地开了直播,信誓旦旦地对所有球迷解释:"我也不是没脾气的人,小白要是不像话,我第一个收拾他。"

"然而,你这个直系师兄闯的祸好像更多一些。"霍思礼在一旁拆台。

"可我每次都是小打小闹,他一闯祸就震惊全网。这么比起来,还是他比较不省心。"

桌上一起吃饭的人都点头赞成:"所以,你们这对师兄弟是有多不争气?"

收看直播的球迷都在为闫教练点蜡,他的两个徒弟都不是能消停的人物。

"这次小白是做错事情了，队里已经做出了处分、罚款、记过、检讨、停赛，一条龙服务，哪个也跑不了。"沈从辉接着说，"不过网上的视频和真实情况有出入。详细我们也不多说，反正这件事情，他确实也有错。但是我们不包庇，错了我们看着他改，总之他一直是我们的队友。"

　　程琪认真翻看手机屏幕上一闪而过的提问，随机选择看得到的问题回答："你们想知道真相啊？真相就是网上的言论全都是假的……具体说说罚多少啊？上次团体赛的奖金，他这次大概全都上交给国家了。"

　　霍思礼补充："是，而且闫教练因为教出这么个弟子，也要罚款。"

　　这么说起来，似乎更应该心疼闫教练。

　　伍晏安和袁周率看完网友们对齐宥白的谩骂，心情很不好，两个人都低着头，连吃饭都不太积极。

　　伍晏安拿过程琪的手机，严肃地对着镜头说："为什么那么容易跟风？凭什么有些人连认都不认识小白哥就随意对他做出评价？如果一件没有被证实的事情，可以让你们轻而易举地对曾经喜欢过的人反戈相向，那所谓的喜欢到底是有多不值钱？以后谁还会信任这种盲目的感情？"

　　就像是小白哥在微博里引用的那句话一样："你们对我的百般误解和识读，并不能构成万分之一的我，而是一览无余的你们。"

直播的内容也在一结束就被扩散,加上国家队官方的澄清说明,事情开始回温。然而,打人的事实也是存在的,这多多少少对齐宥白造成了负面影响。

这已经达到了某些人泼这次脏水的目的,至少齐宥白的名声再也不是一张白纸了。

周幼清赌气地把伍晏安最后的那段话单独提出来,特地置顶挂在了自己的微博上面。上午为齐宥白发声而招来网友们的诋毁,现在已经变成对她的夸奖。让人不知道该说网友们是知错就改好呢,还是见风使舵更加准确一些。

齐宥白在第二天下午接到两个电话。

第一个是闫教练的通知,队里决定让他停赛五个月。

齐宥白在电话挂断之前,对闫教练说:"教练,对不起。"

他不知道能不能赶上接下去的世乒赛,如果不能,那今年实现双满贯的愿望就落空了。闫教练在他身上倾注的心血最多,他不能拿成绩去回报,所以才深觉抱歉。

"你怎么样都是我教出来的。"电流音使得闫教练的声音听上去很催泪,"摊上你这么个徒弟我也认了,今年不行,我们明年再战。不要对我感到愧疚,你要多想想你是不是耽误了你自己。"

第二个是以程琪为代表的慰问电话。

他们在训练结束后,买了一堆东西去齐宥白家准备找他聚餐。人走到门口,才发现是铁将军把门,于是才打电话问他在哪里。

齐宥白拿出自己最好的演技:"我心情不好,出门逛街了。"

但是这个借口找得不太高明,一下子被沈从辉拆穿:"大街上一点车流喇叭声都没有啊?"

袁周率福至心灵,突然爆料:"上周,小白哥住在我姐家。"

这个消息太劲爆,程琪惊得被口水呛到,咳得撕心裂肺,还不忘确认消息:"小白,住在幼清家?"

随后,他合上手机,当机立断地接受这个名正言顺的蹭饭机会:"走,我们带着菜去幼清家吃饭去。"

暮色四合,窗外的路灯已经亮起,在地上投下一圈因为黑夜还没完全侵袭,而不甚明显的光圈。偌大的客厅里,被橘色调的灯光填充,餐桌上不断被摆上一盘盘香味诱人的食物。

因为程琪几人来得太匆忙,周幼清只能做一锅咖喱饭,再加上几个家常炒菜。

等到所有东西全都上桌,袁周率率先代表大家表达了不满:"为什么,小白哥的盘子比我们的大,装的咖喱饭比我们都多,看上去配料也丰富点!"

他们似乎已经闻到了恋爱的酸臭味。

周幼清也很不好意思,尴尬地咳了一声。

她难道要跟大家说,齐宥白在接到你们电话之后,就在她耳边念叨:"我不管,我晚上要吃得比别人都多,我昨天被人抹黑,今天被通知禁赛五个月,我需要从食物中汲取力量?"

这样子太丢人,周幼清对外要为男朋友保持点颜面。所以,她找了个理由:"他说他肚子饿。"

"有女朋友陪着,吃好喝好,不用训练,他这过得得多潇洒!还肚子饿?"霍思礼鄙视说,"小白,你讲不讲理?"

齐宥白巴不得出现这样子的场面,好让他再次宣传一下自己现在的身份。

他拿筷子在桌上敲了两下,等所有对他的声讨全部消失,才开口:"既然你们非得听实话,那我就说了啊——因为我是幼清的男朋友啊。男朋友,就是有特权,你们懂不懂?"

不等队友们出言讽刺,他喷了一声,又说:"也没指望你们懂,毕竟除了礼儿,你们也没机会懂。"

显示了一把优越感,齐宥白开始认真地往自己嘴里扒拉菜肴,力求在这场抢食大赛中,多吃点东西。

周幼清见自己的话被猪队友齐宥白拆台拆得差不多,再次清了清嗓子,老神在在地道:"那我就直说了,我感觉,你们这次来,比我上次看见你们的时候,胖了一圈。"

感觉所有人都沉默不语,周幼清继续补刀:"你们教练都没有让你们控制饮食?"

被发狗粮,还被嘲笑长胖,这次的探望让男队队员们很心塞。暂时放弃给自己找不痛快,大家开始动筷子,闷声吃饭。

这副只听得见杯碟交碰发出清脆声音的安静场面,让周幼清得意地朝齐宥白抛了个眼色。她没有注意到,齐宥白在听见她记得每个人的身形变化的那一刻，嘴边的笑容凝固了。

晚餐过后，国家队的队员起身告辞。

周幼清从厨房里拿出之前就准备好的小点心，递给他们让他们带回去分。

齐宥白斜着身子倚在门口，右手不停地在肚子上转圈按摩，懒散地开口："吃完了还兜着走，国家队什么时候沦落到这个地步了？"

沈从辉睨了他肚子一眼："嚄，你先管好你吃撑的肚子吧！"

他故意拿着他手里的一小袋点心在齐宥白面前晃荡，大有一副"怎么样，你没有"的意思，激得齐宥白伸手一捞，把袋子收到怀里，当即转身跑回自己房间，反手落锁。

对这一串行云流水的动作反应不及时的沈从辉欲哭无泪，扭头对一旁看好戏的队友们哭诉："齐宥白把我的小点心拿走了。"

能有什么办法？谁让你作死去撩拨他，故意把小点心在他面前晃？

队员们集体转移视线，他们不太想对这种事情发表言论。

无奈，周幼清又装了一袋子，才把人送出家门。

暮色深沉，夜风瑟瑟。

周幼清起身关上窗，又返回去落座。齐宥白躺在沙发上，刚好把头靠在周幼清的大腿上。他平仰着，从下到上地观察周幼清圆滑的下巴、粉嫩柔软的嘴唇、小巧的鼻子、肉乎乎的鼻，再然后是装着一汪清泉的眼睛。

很奇怪，明明是谁都有的五官，放在一起，就变成了他不管怎么看都很喜欢的周幼清。

齐宥白满足地又拿出一个咖啡小面包塞进嘴里。

"你不要再吃了，我看你肚子已经很撑了。"周幼清翻了一页书，她能感觉到齐宥白专注打量她的目光，趁着翻书的空隙，垂眸分出点心神关注他。

齐宥白咧嘴笑出声，低沉的声音在这个宁静的氛围下，听起来分外撩人："幼清，你真的看得出程琪他们的身形变化？"

"是啊，他们是胖了吧？"周幼清丝毫未察觉异样，继续说，"估计每个人胖了三四斤？你们国家队的食堂伙食很好吗？这么胖下去会影响成绩的吧？"

齐宥白看她说得认真，最后还真心实意地为他们打算起来，噘着嘴又塞了一块面包。

他问："你看我有没有胖？"

"你啊？"周幼清迟疑了一会儿，"没有吧？"

"什么叫作没有吧？你为什么这么不确定？"

"我感觉不出啊。"

齐宥白被这个答案气到继续吃下一块面包："你这样子有点伤害我。我不应该什么变化都在你眼里的吗？"

"那你知道我瘦了还是胖了？"

"不瘦不胖你最美。"

她家哈士奇真可爱。周幼清"扑哧"笑出声。

齐宥白听到这声笑，以为她不信，急得坐起身，准备继续描绘一下周幼清在自己心目中的地位。没想到，肚子胀得厉害，难受得想吐又吐不出。

他眉头紧皱，脸色开始苍白。
虽然这副样子看上去很痛苦，但莫名有些好笑。
周幼清问："你该不会是真的吃到撑着了吧？"
齐宥白大概也觉得丢脸，咬着嘴唇，闷声不吭，委屈地盯着明显幸灾乐祸的周幼清。
"我没吃撑过，不太清楚该怎么办啊？"周幼清端正态度，即便嘴里还在说着打趣的话，却已经起身，"走不走？出门陪你消消食？顺便，路过药店的话，可以买点健胃消食片回来。"
一定要给他买儿童牌的。

月光隔着薄云，朦胧地在地面洒下一道清浅的光芒。两边的路灯投下一个又一个光圈，把地面一块一块割据开来。夜晚的风吹得猛烈，齐宥白两手放在衣服口袋里，只不过右口袋里面纠缠着周幼清的手，十指相扣，温度从两人的掌心慢慢向两边传递。
"你好点了吗？"
齐宥白摇头："还是胀。"
"吃太多了。晚上的咖喱饭你就吃得比别人多，然后又是面包又是水……你当自己是橡皮胃吗？"
他沉默不语，揉着胀得已经有点往外突的胃，在心底喊着："因为是周幼清做的饭。"

这是甩锅给她了吗?

走了半小时,仍不见好转。周幼清拉着齐宥白继续往前,那里有一家 24 小时值班营业的小型诊所。

夜晚的诊所灯火通明,可还是有种阴森的感觉。周幼清往齐宥白的方向又靠近了半分。

前台的护士半托着腮,看到有人进来,没有抬头观察,直接说:"右边直走,右手边第三个房间,里面有值班医生。"

后面的流程简而言之。

"哪里不舒服?"

"他吃撑了,胃胀。"周幼清短短六个字说清楚病因病情。

医生抬头,看到正主:"那我给你开点药吧。"

齐宥白提醒一句:"我是运动员。"

"行,我懂了。"

至此,这件无足轻重的事情,周幼清原本以为可以告一段落。

然而,第二天,网上有路人爆料,昨晚在诊所看到了齐宥白。

具体因为什么事情去的医院,爆料人也不清楚,因为经过门口的时候,她只听到医生给他开药。

新闻记者、网站编辑们结合了各方面得到的情报推断出一个结果——"齐宥白获知停赛时间,悲伤难抑进医院"。

从手机新闻的推送中看到这则消息的周幼清，笑得连早饭都没心思做了。她瘫在沙发上，肚子酸疼，笑得嘴巴都合不太拢。

她身边坐着一个浑身散发低气压，就差脑门上写"我不高兴"的齐宥白。

两个人一个笑容满面，一个冷峻如霜，对比差别不要太明显。

周幼清难得安慰人："齐宥白，不要难过，起码这则新闻的你，形象还是伟岸的。"

"如果……"

她的话没有说完，齐宥白就举起手机屏幕给她看。

程琪的最新一条微博说："我猜小白去医院是因为吃撑了。"

霍思礼也出来插刀："同意，也不是因为伤心而导致暴饮暴食，纯粹是因为他想吃。"

要不然怎么会说，国家乒乓球男队，是相爱相杀的画风呢？

与不靠谱的小道消息相比，齐宥白的两个队员的口风更让人信服。所以，网友全都相信齐宥白是吃撑了。

鉴于国家乒乓球男队吃饭拿盆装的优良传统，他们觉得这个解释没毛病，更贴近实际。

"幼清，如果哪一天，我跟他们割袍断义，反目成仇什么的，你要相信，一定都是他们逼我动的手。"

怎么办，因为打人刚被禁赛的他，现在又很想打队友了。

Chapter 21
/ 我还爱你，直至余生 /

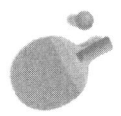

齐宥白禁赛的日子转眼间过了一半。

两个多月的时间，加上他不经常出现在镜头之下，网上的消息早已更新换代，惹得周幼清开始喊他"过气网红"。

而齐宥白本人却很享受这一段难得沉寂的时间。

他不再被大家簇拥，不再被媒体关注，可以有更多的时间去磨炼乒乓球技术，迎接接下去的世乒赛。对，他的禁赛时间刚好截止在世乒赛之前。

他也可以拥有足够多的时间去做想做的事情，去陪伴周幼清。

显然齐宥白的球迷并没有理解爱豆的大隐隐于市是怎样悠闲自在的心态。

他们不甘心齐宥白就这么被湮灭在其他潮流之中，于是用东拼西凑的采访视频、活动照片，剪辑成许多短视频放在B站上。

有些是热血型的仗剑天涯，肆意江湖；有些是他难得可爱的暖甜温馨；还有些是悲情类的，虐得让人看了就掉眼泪。这个有点卖惨倾向，可截出来才知道，原来齐宥白经历过那么多低谷。总之无数个视频呈现出不同种面貌的齐宥白。

许多刚接触乒乓球的人一入坑就被安利齐宥白，从网站上所有剪辑视频入手，然后浏览粉丝总结出来的帖子，最后再把所有关于齐宥白的比赛视频都翻出来看完。

然后，心甘情愿成为齐宥白的球迷。

微博上，有关齐宥白的讨论开始慢慢增加。营销大V见状，也经常分享齐宥白的视频，以期待获得更多关注。

周幼清盘腿坐在沙发上，酸气冲天，手指扒拉屏幕，一边抑扬顿挫地朗读他微博的评论，一边用余光关注齐宥白的反应。

"老公，你最近去哪里了？"

"我男票什么时候才能回归赛场？好想看他上台打球的样子。"

"老婆团日常打卡。"

现在的人为什么一点都不讲究含蓄？

什么时候有这么多人跟自己抢男朋友了？

周幼清越想越暴躁，然而罪魁祸首却平静地坐在身旁。

阳光透过落地窗洒进来，他身材颀长匀称，坐在懒人沙发上，双腿交叉叠放。半边脸沐浴在浓烈的橘光中，模糊了坚毅的侧脸轮廓。他的脸型极其好看，仿佛是名家画师珍藏的精致油画，每一处色彩都恰到好处。

周幼清一向讲究女人不为难女人，蹲在他身边，伸出指尖戳齐宥白："齐宥白，你就不能稍微低调一点，掩饰一下你自个儿的光芒四射吗？"

她越来越觉得找一个全民喜欢的男朋友不太靠谱，准备再戳几下，继续行凶的时候，手指被齐宥白握住，紧接着，整只手被包裹在掌心里。

"好的，领导，以后我注意。"

你说注意就注意啊，你能把你的脸蒙起来不给别人看吗？

周幼清没把齐宥白的话当真，转眼间，就把这件事抛之脑后。

而齐宥白，却放在了心上。

国家队的主力队员都和直播平台签了约，每个月都有规定的时长，必须开直播。

周末，程琪继续在自己的频道上完成本月的直播任务。

"闫教练对小白怎么样？他们都快恩爱得上天了。"程琪坐在床上，一边吃着今晚的加餐，一边直播，"他们俩经常隔着半个训练场对视，你们知道吗，那种情景很肉麻。

"不不不，我这不是嫉妒，我是一纯爷们儿。"

程琪继续舀了一口鸡汤："让我别再吃了。你们有人说我长胖了。还有人说，不要像齐宥白那样撑到进医院。"

想到齐宥白吃撑去诊所开药，程琪笑得连碗都快拿不住了。

这件事情虽然也丢了国家队的面子，但难得可以看到齐宥白的笑话，连主教练都故意在微博上怼齐宥白，还特地喊话让他在家消停待着，比如，少吃点东西。

程琪哑哑嘴，第一次跟球迷们提起"齐宥白吃撑进医院"这条热门新闻的后续："那时候网上不是说，小白是因为知道自己被停赛五个月，才伤心欲绝进诊所的吗？其实他本人看了之后很无语，觉得这条新闻有点损失他的颜面。其实他很坦然地接受队里对他的处分。但是，他女朋友说：'你不觉得这个标题其实已经帮你挽回形象了吗？'他想想，觉得很有道理。但我马上就在微博里面揭穿他了。"

程琪看似无心说漏嘴的消息，让看直播的网友们瞬间打起精神来了。

齐宥白的女朋友？
齐宥白交女朋友了！

直播里的评论当即刷爆屏幕，所有人都在问一件事情："齐宥白的女朋友是谁？"

程琪内心缓缓松了一口气。

几天前，齐宥白就在他们几个人的微信群里说："下次你们直播说单口相声，记得帮我透露一下我有女朋友的事情。你们对我进医院时候的落井下石，我就不计较了。"

他难得有这样子的要求，而且他们也希望周幼清的存在能够被大家知道。

当初他们都怂恿齐宥白用美色去勾搭周幼清，现在两人真的在一起，程琪自觉他们是红娘。而且现在又是他完成任务，把"齐宥白有女朋友"这件事爆料出去。

他想到以后可以趁机再去周幼清家蹭饭了。

思及此，程琪更来劲了。他用浮夸的演技故意捂着嘴："哎呀，我说出来了吗？你们当作，没听到行不行？"

感觉到自己演出了不小心才爆料的这部分剧情，他完全不给大家反应时间，接着说："你们想知道小白的女朋友是谁啊？就是一个很漂亮很完美的妹子，和我们相处得很不错。我不能抢了小白的风头，提前揭晓这个问题的答案。但是呢，我可以跟你们说，我们这些单身狗，经常被喂狗粮。

"你们是不是觉得小白很酷，很高冷？但他其实很会秀恩爱。上次他为什么吃撑进医院？就是因为我们去蹭饭吃，他小气地自己埋头苦吃，连她女朋友最后送沈从辉的小点心都被他抢走了。所以你们看，他其实很小心眼的。"

这次的料已经说得足够多，程琪才怏怏收住口，留点空间给其他人发挥。

而齐宥白的粉丝——柚子们在今天集体失恋。

她们在微博上一边哀号，一边在齐宥白的首页打滚祝福。

这种感情很微妙。

在他还是单身的时候，不管心里再怎么清楚自己不可能是他未来的女朋友，可内心还是抱有一点幻想，齐宥白是属于她们的。可是现在，他已经先是别人的齐宥白，然后再是她们心中的运动员。

其实也是，本来就是相隔遥远的人，可能是因为他的比赛，也可能只是因为看他顺眼，才慢慢喜欢他，所有对他的定义说白了只是自己对"齐宥白"这三个字的解读。

她们以为他外冷内热、沉默寡言，但他私底下说不定是很活泼、很会开玩笑的那类人。

齐宥白，只要站在她们看得见的地方，让她们能够继续有个喜欢的人就好了。

齐宥白借着程琪的口，向外界宣告了自己已经名草有主的消息，然而他的归属权到底属于谁，却始终捂得严实。

因为，周幼清还没做好暴露在所有人视线之下的心理准备。

要不是国家队的直播里，队员们隔三岔五转述齐宥白和他女朋友之间的秀恩爱事迹，球迷们都怀疑齐宥白找了一个假女朋友。

直到，在世界运动会的男乒单打决赛上，由于当事人双方猝不及防地撒狗粮，"齐宥白女朋友是谁"这个乒乓球界最大的疑问终于被揭晓。

世界运动会的颁奖仪式结束后，临时设立在比赛场外的直播间专门邀请了齐宥白去做客。

"我已经很少看到像你们这样子的情侣了，彼此眼神交汇，就能让人感受到爱情。"主持人从网上的留言板中，选了一个大家想知道的问题，"你觉得，在你们的交往中，让这段感情一直保持甜蜜的秘诀是什么呢？"

"也许，是彼此很坦诚。"齐宥白像是想到了什么事情，突然笑了起来，"她很直接。有一次，我一回去，她就跟我说，她可能要吃醋。"

主持人似乎也是第一次听到这种说法，问道："为什么会说可能？"

"因为她说自己是第一次恋爱，在这方面没有什么经验，所以不知道，那时候的情况，能不能构成她吃醋的条件。"

齐宥白还记得，那时候的周幼清，眼神迷茫，表情严肃，像是思考一个特别重大的问题。

主持人听了齐宥白的解释，笑得花枝乱颤，说："那方便说是什么情况吗？"

齐宥白就算被禁赛，也还是球迷心中，新一代乒乓球国手们的领头羊。于是，在国家队的授意之下，他接了国家台策划的一档户外真人秀节目。

禁赛以来，齐宥白就很少出现在球迷的视线里，乍一出现在这档户外节目中，就引起了不小的波动，以至于拍摄过程中，不少迷妹们全程跟在他身后，用手机为网友们直播齐宥白的动态。

对此，节目组也乐见其成，好歹也算是给他们的节目提前预热了。

综艺节目里有一个闯关项目，是齐宥白和搭档从路人里找出节目组安排的舞蹈老师，并请她教他们跳国外女团的舞蹈。老师验收成果，根据舞蹈的完成度，提供不同程度的通关锦囊。

而齐宥白在学动作的时候，发觉他的老腰根本消化不了这些妖娆的动作，于是他和搭档两个人另辟蹊径，不学舞蹈，改去贿赂舞蹈老师。

搭档殷勤地给老师捶背，齐宥白给老师开瓶盖，左手给她扇扇子，右手给她递水，还带着搭档一起逗嘴说笑话。最后女老师满意地在齐宥白耳边，轻声说出通关密码。

而就是因为这个环节，造成了他和周幼清的第一次冷战。

齐宥白回来的时候，周幼清还呆坐在客厅，双手抱膝，内心复杂地思考了很久。

齐宥白对老师的贴心是让她心里有些不舒服，可是周幼清不知道这段视频够不够她吃醋。

她担心自己太小气，一点点小事就要闹别扭，让齐宥白觉得她很矫情。

这么一想，周幼清又不服气，为什么自己连生不生气都要考虑齐宥白的感受？

恋爱里面，对对方的在乎，也需要维持着一个度。太过了容易失去自我，太少了又会让人伤心。

周幼清重新看向电脑里被她定格住的瞬间，这段视频的拍摄角度找得很好，镜头下，齐宥白侧耳倾听，为了照顾女老师的身高还弯了一侧腰，而舞蹈老师贴在他的耳边，用手遮住她的口型。两人同框的画面拍得唯美浪漫，而她却觉得刺眼。

最后，她还是按照自己的心意，跟齐宥白说，自己要吃醋的事情。

对那时候周幼清的毫不遮掩，齐宥白除了觉得可爱还是觉得可爱，现在想来依然是满满的心醉感觉，他笑着继续说："因为是网友拍的视频，我又根本不会做越界的事情，所以问心无愧，没放在心上，就是觉得这样子的周幼清很有趣，于是不太认真地顺着她说话。这样的态度让她觉得我很不在意，所以更加生气了。"

主持人想了想，点头："对，我也会生气。因为你没认识到，对别的女生温柔体贴，是一件多严重的事情。"

"哦，受教。"齐宥白想起周幼清那时的反应，仍心有戚戚，"所以，那时候幼清义正词严地对我说：'齐宥白，我需要你好好重视一下女人的小心眼。'"

那时候，他这么回答的。

他笑着说，我只需要重视你的小心眼就好了。

然后，周幼清就转身回房间，整整一天，任齐宥白怎么搭话，她都当他是空气不存在。

随着齐宥白越来越自然的表达，主持人觉得这个舞台上自己有点多余了，他可以不间断地说起和周幼清之间各种暖甜又美好的细节，这是柚子们从未见过的齐宥白。

节目尾声，有观众提问齐宥白："现在你有什么话想对周幼清说吗？"

和周幼清交往以来，齐宥白从来没有回过头去，例数他与周幼清之间的点点滴滴。现在重新回想起来，他心潮澎湃，以至于有些绝对不会在人前说的话，也愿意说出口——

"你说你不确定我对你的感情会不会在未来消磨在生活的细枝末

节里。现在的我也不敢替那个时候的自己回答你。可我想告诉你，我爱你，余生的每一秒都在确定这件事情，所以我有足够的勇气，在那个很久才会到的未来告诉你，我还爱你，直至余生。"

正文完

番外 一
/ 你男朋友不穷的 /

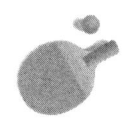

1

人生处处不相逢。

周幼清在观众席上坐下来,身边的陌生小帅哥迟疑地开口询问:"请问,你是不是周幼清老师?"

这个称呼,只限定在周幼清大学时当家教的那段时间。

只是,人总是这样子,关键时刻,一下子记不起他的名字。

"你是……"

"我席豪特啊。"

"哦,对对对,豪特。你也来看球啊,好巧。"

场地里准备上场的齐宥白,习惯性地在观众席上找周幼清。在看到她没有注意到自己,反而和身边的小男生聊得火热时,他的脸一下子垮了下来,冷冽得如同一座冰封万里的雪山,可能不久之后,又是一座即将喷发的活火山了。

"你稳着点啊。"闫教练看自己弟子的脸色有点不对,不放心地叮嘱。

"知道了。"

知道个屁,闫教练的左眼开始猛烈地跳动,他后悔这场比赛不该由自己来盯着,或者先吃点救心丸预防着。

第一局,齐宥白的球不是飞了,就是打出界。要不是他头上挂着几个世界冠军的名衔,全场观众就差没有嘘他下台了。

一局结束,齐宥白回到场边,被闫教练提溜着耳朵骂:"兔崽子,你再不认真打,就扣你假期,罚你奖金,还得给全队洗袜子。"

齐宥白无动于衷,擦了擦汗,余光瞄到观众席上,周幼清焦急地望向自己,他才满意地压制自己上扬的嘴角。

"放心吧教练,我这局就是出于我们礼仪之邦的礼貌,给外国选手放放水。"

果不其然,接下去的几局,齐宥白像换了一个人,打得风生水起,让对手直接懵逼。

齐宥白可能是打嗨了,他双手交叉,握着两侧的衣角,转身就要冲着观众席脱掉上衣,以示庆祝。

全场观众都因为他的这个举动开始躁动,一起起哄。

然而,像是突兀地被人按了终止键,齐宥白作势准备脱的动作,忽然就顿住了。

周幼清的目光化作利刃，刀刀都有"你敢脱，我就把你就地凌迟"的威胁。

完美领会到女朋友眼神的齐宥白，放开衣角，羞涩地冲着观众席上的周幼清微笑了一下。然后，他不好意思地转过身，假装没有刚才脱衣服的这回事，继续蹦蹦跳跳地庆祝胜利。

闫教练捂着自己的眼，转身坚决不看自己弟子难得一次的犯傻。

2

周幼清曾经有一段时间，并没有清楚认识到齐宥白身为一个乒乓球国手的身价。

当然齐宥白也想不到，自己在周幼清的心里，是每个月几千块钱工资，偶尔打一场比赛，得了名次才发一笔小奖金，但是，却浑身充满病痛，晚年还因为这些伤病更加佝偻嶙峋的形象。

也不单单是齐宥白，所有的运动员在周幼清的想象中都是这样子的形象。

于是，和国家队的队员们认识以来，她一直坚持着所有消费AA制，不占这群人便宜的优良传统。

直到世界运动会结束后，周幼清和齐宥白一起去购物，身后还跟着一群被齐宥白嫌弃但仍然孜孜不倦充当电灯泡的男乒队员。

浩浩荡荡一群人，熟门熟路地进了阿玛尼，在店里像捡大白菜一样，不看款式不挑材质，随手指着模特身上的样式，直接拿号，人手两三套，准备套身上试一下就结账走人。

周幼清被这种豪爽的买衣服风格吓了一跳，以为运动员们大大咧咧，不太关注价格。于是，在不伤害大家自尊的前提下，她善意地提醒："阿玛尼的衣服原来都这么贵啊。一套衣服好几万呢。"

沈从辉很骚包，拿着手里的暗红色西服外套，比在身上，对着镜子搔首弄姿，听到周幼清的话，他财大气粗地表示："没关系，买得起。等下去女装店，你有喜欢的，让小白送你！"

听这口气，周幼清明白自己以前小看了大家的收入，但是沈从辉说的好像有哪里不对："我以为你会说你送我的。"

"小白比我们有钱，你还来打劫我啊，没天理。"

"齐宥白哪里有钱了？"

沈从辉觉得周幼清对她男朋友的认识还不够深刻。他说："小白平时开的那辆车两百多万。"

"瞎说的吧！那车不是大众吗？"车盲的周幼清根本不知道那车的市价。

"大众也有贵的！你听说过低调的辉腾吗？"

旁边更衣室的门在这时接连被打开，齐宥白和其他换好衣服的队员都出来站在镜子前。

平均身高183cm的男人穿着西装在面前一字排开的效果不是一般的震撼。

有了刚才沈从辉的科普，周幼清觉得这群人的身上还多了人民币的气质。

她暂时压下对大家财力的惊讶，用一个美术生的审美眼光，帮这群只买贵的不在乎对不对的直男挑选衣服。

齐宥白听完沈从辉的小报告，在和大家分道扬镳之后，低头问周幼清："在你眼里，我这么穷？"

"也不是穷，就普通上班族的那种水平吧。"

"所以，我给你买东西，你就算收下，也会买同等价位的还我？"

周幼清一时之间有点语塞。

你知道我每次收你礼物的时候，有多良心不安吗？！

齐宥白被她的这种反应逗得前仰后合，连眼睛里都闪着泪光。

有次齐宥白陪周幼清去买鞋，她试穿完鞋后，挑出一双脚感最好的，拿到收银台，让售货员开单。

8.5折，折后价499。

这个价格是在周幼清的接受范围内，她打开包，准备掏卡付钱，身边已经有人递出一张银行卡。

齐宥白低沉的声音响起："麻烦刷这张。"

"不要，我自己付。"周幼清拉着他的手臂，急忙从包里拿出卡。

齐宥白换一只手，把卡递给收银员，然后揽过周幼清的肩膀："能给我一个替你结账的机会吗？我是你男朋友啊。"

看到收银员已经拿他的卡在刷了，周幼清才停下来，对齐宥白翻了个白眼："男朋友了不起啊？"

"反正我挺骄傲的。"

结个账还要被秀一脸恩爱的收银员,递还银行卡和小票,微笑着说:"男朋友愿意为您花钱,不是很幸福吗?"

但周幼清一脸深沉,齐宥白的钱,应该是以后拿来养老的啊。

毕竟运动员吃的是青春饭。

对,周幼清,就是带着这种深深的不安。

几天后,齐宥白收到周幼清送的一件T恤,差不多也是同等价位的。

意识到问题所在的齐宥白疑惑自己是哪点过得艰苦朴素,让周幼清对自己的养家能力没信心。

当天晚上,他让他的理财顾问把他所有的资金和不动产,加上还在合作的代言项目都列出表格,在第二天与一张银行卡一起,都交到了周幼清手上。

番外 二
/ 周幼清，你愿意嫁给我吗？/

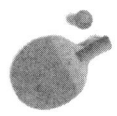

又是一年的世界乒乓巡回赛。

周幼清这回并没有跟着国家队一起前往德国站，因为恋情曝光所以已经小有名气的她，住进了省中心医院的病房。

双人病房，周幼清住在窗边的床位，旁边床位是个胖乎乎的中年大叔。她拉上一半隔帘，侧躺在床上，单手拿着手机跟齐宥白发消息。

齐宥白："你现在在干什么？"

周幼清自然地扯着谎："在家里画画。"

"我还没吃早餐，下午就是最后一场比赛。"

算了下时间，正好能够找借口。周幼清回复："比赛时间有点迟，我就不看直播了，今天感觉有点累。"

齐宥白摩挲着手里的一枚戒指，想象它套在周幼清手里的模样："看不看都没关系，反正最后我能赢。你赶紧去眯一会儿，别把自己弄太累了。等我回来。"

　　门口传来急促的脚步声，周幼清听着觉得熟悉，放下手机往身后看，正好周薇进了房间来到病床前，看到她一个人孤零零地躺着，顿时眼泪在眼眶里打转："你这死小孩，动手术的事情都不提前和我打个招呼。你要担心死我啊！"

　　周薇今天早上接到周幼清的电话，说她现在在住院，下午要做一个小手术。

　　就算电话里说得再怎么风轻云淡，周薇忍不住还是害怕得双腿发软。

　　要是不严重，怎么会做手术？又不是普通的感冒发烧。

　　她顾不得在单位上班的袁怀瑾，先匆匆忙忙收拾了点东西，就火速飞过来。

　　"就是一个纤维瘤，长出来的时间挺久了，我上次体检时候发现的，预约今天把它切了。"

　　周幼清的声音干涩，像是从破铜锣鼓发出来的音质。

　　因为术前要断食，所以从昨晚开始，她就没有喝过水，更别提其他食物。

　　周薇听得心疼，埋怨说："住院这种事也不早说一声，我好早点来照顾你。"

　　"我这病根本没影响到什么，前期就是各种检查拿化验单，我一个人可以的，没必要让你担心。"

按医生的说法，不是什么关键部位，闭着眼都能切下来。

所以周幼清没打算通知家里，也不准备告诉在德国比赛的齐宥白。

只不过真的住进来，她才觉得，一个人还是有点可怜巴巴，所以又打电话告诉了姑姑。

半小时后，主治医生来到病房里，按例跟周幼清说了手术风险，并且签了同意书。

又过了半个小时，护士长在周幼清的身上圈出了手术的部位，然后让她带着CT照和其他检查结果，躺在一辆推车上，被人推着坐电梯去手术楼层。

也许是太相信医生的话，周幼清一直没对即将到来的手术产生多大的恐惧感。

周薇止步在手术室门外。

周幼清不知道自己是不是被电视剧骗了。这家医院的手术室外有二十多排座位，还有很多病人家属都坐在外面一起等着。

此时周薇独自一人，所有的担心和慌乱都自己一个人承受，她祈祷周幼清能够手术顺利，内心也在期待袁怀瑾的早点到来。

而直接要被送上手术台的周幼清，看着头顶不断移动的天花板，想着自己手术出来能不能赶上看齐宥白的比赛。

说不定等他回来，她早就痊愈出院。

她的脚腕被扎了一针，意识逐渐远离……

刚刚又获得了一枚金牌的齐宥白怎么也想不到，从赛场上下来的那一秒，迎来的不是拥抱，而是一个宛如晴天霹雳的消息。

袁周率从第一排观众席上，扔出一个双肩包到他手里："网上说我姐在医院做手术，我妈手机没人接，都不知道是什么状况。票我买好了，赶紧去机场。"

齐宥白脚底如生根在地面上，直到被闫教练推了一把，才回过神，和袁周率一起赶往机场。

于是网上继"齐宥白女友周幼清入院做手术"的消息之后，又有了续集——

"齐宥白紧急回国，缺席颁奖仪式，被罚奖金。"

十一个小时之后，齐宥白出现在市中心医院的病房里。

因为被人意外曝光，周幼清在术后，就换了一间单人病房。

此时她躺在病床上，双眼紧闭。麻醉药效过后的刀口一直痛着，此时的她好不容易才能勉强入睡。

她面色苍白，嘴唇都失去了血色，宛若一朵易折的花骨朵，柔弱得让人不知道该怎么保护才好。

"你们回来了。"周薇起身，让齐宥白坐在她的位置，"说是小手术，但也在手术室里待了四五个小时。医生说手术很成功，主要注意术后休养就好了。只是毕竟在身上割一刀，幼幼受苦了。"

彻夜照顾周幼清的她，神色憔悴，眼圈再次发红。

"辛苦您了，姑姑，您跟派派去休息吧，我来守着她就好。"齐宥白坐下，学着周薇的动作，轻轻地一下一下揉搓周幼清的手背。

她一天要挂七瓶水，止血的、消炎的，还有营养针，加起来挂水的时间都有六个小时，手背上的针口附近已经发肿。

来之前，他既担心又生气，还有一丝胆怯。

如果周幼清有什么意外，自己会怎么样？

这个假设，不断在脑子里回响，齐宥白却始终得不到一个答案。

只要想到周幼清出现意外，就能够让他崩溃。

可看到周幼清的一瞬间，什么情绪都被抛之脑后。齐宥白从未像现在这样子感谢生命待他如此宽厚。

他能用目光仔细地、温柔地描绘周幼清虽然苍白憔悴，但却安静柔和的睡姿；能坐在周幼清的身边，听见她浅浅的呼吸声，感受到她的脉搏；能把自己的全世界重新握在手里。

齐宥白从口袋里摸出一个东西，把它套在周幼清的中指上，大小刚好，无比契合，她的手指修长白皙，戴着很好看。

齐宥白缓慢地弯下腰，在她的手指间，克制地落下一个珍重的亲吻。

"周幼清，你愿意嫁给我吗？

可惜，被求婚的对象，仍在睡梦中。

周幼清因为刀口疼痛，哼哼唧唧地醒过来。

她绝对想不到，做手术是这么辛苦的一件事情，就算是小手术，也把她折磨得很痛苦。

"怎么了？伤口痛还是哪里不舒服？"

她疼得额前出了一层薄薄的虚汗，并没有意识到齐宥白出现在这里有什么不对:"伤口也疼,手背也疼,躺得不能动弹整个背部都疼。"

齐宥白帮她擦掉流出眼眶的泪水,把她乱成一团的头发分到两侧,小心地将周幼清抱起来坐在自己的腿上,让她靠着自己。

起码垫了点肉,不至于让她躺得背痛。

他继续缓慢地按摩她的手背,粗粝的指腹,似乎有减缓疼痛的神奇。

"好些没?还有哪里痛?"

周幼清缓了一阵,才把刚睡醒的那点娇气给散去。

想起自己瞒着他住院做手术,周幼清的声音难免有些底气不足:"你回来了啊?"

齐宥白冷静地阐述事实:"我一下比赛就被告知你在做手术,吓得我都不知道自己是怎么回来的。"

"哈哈,"周幼清越听越心虚,干笑两声,"毕竟只是小手术,用不着兴师动众的。"

"小手术,还这么难受?听说你本来还准备谁都不通知,怎么不厉害死你?"

说起这个,周幼清有点脸红。

从手术室里醒完麻药被推出来,她就觉得做个手术简直生不如死,生无可恋地流着泪,嘴里不停地说"我很难受我很难受",害得她姑姑以为术后反应不好,哭倒在姑父怀里。

只是这样子的糗事,被重新提起来,周幼清恼羞成怒,她用手肘捣了几下齐宥白:"你是来和我这个病人算账的吗?"

"我哪里会这么没爱心?"

周幼清见齐宥白放弃了追责,忙摆手:"好了好了,都是些小事,我们让它翻篇吧。"

"你的事情都不能算是小事。"

齐宥白加重手里握着她的力量,周幼清察觉到手指间的一点异样,轻轻抽出手,马上发现了戴在手上的铂金钻戒。

中指上的,钻戒。

周幼清此时无暇顾及还在痛的刀口,她的眼神流转,苍白的脸上出现一丝红晕:"这是你给我戴上的?"

"是。喜欢吗?"

"戴着还挺好看的。你怎么想起来要送我戒指?"

"因为想问问你,愿意嫁给我吗?"

这句话他练习过千百遍,尝试过不同的语气,也设想过在各种语境下能够无比流畅地说出口。

人生第一次被求婚,周幼清仍拿捏不准该用什么表情去面对当下的局面。

但她想,至少不应该是这样子的。

玻璃窗倒映出来的人,头发杂乱,脸色估计也不是很好,穿的是医院的蓝白条病号服,她都不是最漂亮的状态,还好齐宥白是见过大世面的人,不至于被自己这副样子给吓跑。

"我现在没化妆,大概比平时素颜难看一点点,这也算是我最真实的模样,你确定愿意娶这样子的我?"

"我十几个小时前比完赛,衣服没换脸没洗,估计现在胡子拉碴,浑身臭汗。只要你愿意嫁我。"

我早已做好准备,欢迎你加入我的人生。

后记
HOUJI

故事讲到这里，在一个恰好的时候完结。

至于以后，齐宥白和周幼清的婚后生活是不是很和谐，会有几个小包子，七年之痒什么的……这些通通都被概括在一句话里——

从此，他们幸福地生活在一起了。

就算未来会有柴米油盐酱醋这些关于生活中的小摩擦，那也只是为这个充满糖果味的小说增添一点丰富的内容。

而我呢，写完这个带着一点小私心的长篇，就先休息了！因为春眠不觉晓，所以，接下去，我给大家推荐一本好玩的小说。

前几天，笙歌跟我说，她要写一个很有意思的故事。全文中心概括起来就是"女主角变成了霸道总裁"，一句话就能刺激她想出好多梗的设定。

　　比如：一个虽然有颜，但日常穿着严肃且正直不浮夸的霸道总裁，有一天，突然变成了站在时尚前沿的弄潮儿，会卷裤脚，会用发蜡……吓坏了公司全体员工。

　　比如：一个洁身自好，和女下属保持正常距离的霸道总裁，有一天，突然跟自己的秘书说，你今天的眉毛没有画好，腮红换成橘色叠加一点粉色会更好看。

　　比如：一个投身工作，对联姻对象不假颜色的霸道总裁，在面对生理期的女孩子，会主动帮忙买卫生棉，还给煮红糖姜茶，完美变成女性之友。

　　……

　　是不是很好玩？

　　反正，她那天拉着我，大概已经讨论出了一本书的大纲了。

　　从女生变成一个男人，很多第一次遇见的事情都会让人鸡飞狗跳。像是变身男人之后，上厕所无法直面男性特征；偶尔早上遇到尴尬的生理反应，刮胡子能把脸上刮出好多小伤口来……

　　好吧，再说下去，我觉得她的内心真的就是住了一个男子汉啦。

　　说了那么多，那小花朵们，我要传达笙歌亲的请求啦。

　　这个还没写出来的故事，你们想看到什么情节来让这个伪·霸道总裁更有趣一点呢？

请一定要告诉沉迷变身男总裁无法自拔的笙歌,她需要大家拯救一下。

拜托了,比心。

祝迟屿

图书在版编目（CIP）数据

雪球之舞 / 祝迟屿著. -- 贵阳：贵州人民出版社，
2017.5（2020.1重印）
ISBN 978-7-221-14106-4

Ⅰ.①雪… Ⅱ.①祝… Ⅲ.①长篇小说－中国－当代
Ⅳ.①I247.5

中国版本图书馆CIP数据核字(2017)第078711号

雪球之舞

祝迟屿 著

出版统筹	陈继光
选题策划	欧雅婷
责任编辑	黄蕙心
封面设计	刘 艳
封面绘制	Kristy
出版发行	贵州人民出版社（贵阳市观山湖区会展东路SOHO办公区A座 邮编：550081）
印　　刷	三河市华东印刷有限公司
开　　本	880×1230毫米 1/32
字　　数	214千字
印　　张	8
版　　次	2017年6月第1版
印　　次	2017年6月第1次印刷 2020年1月第2次印刷
书　　号	ISBN 978-7-221-14106-4
定　　价	35.00元

贵州人民出版社微信

版权所有 盗版必究。举报电话：策划部0851-86828640
本书如有印装问题，请与印刷厂联系调换。联系电话：0731-82755298